U0023633

成功的商務演說

Speaking Your Way to the Top

Making Powerful Business Presentations

Marjorie Brody

Copyright © 1998 by Allyn and Bacon

Chinese Complex Character Edition Copyright © 1998
by Yang-Chih Book Co., Ltd
Printed in Taipei, Taiwan, R.O.C.

All rights reserved. No part of the material protected by this copyright notice may be reproduced or utilized in any form or by any means, electronic or mechanical including photocopying, recording, or by any information storage and retrieval system, without the written permission of the copyright owner.

ISBN:957-8637-71-3

Speaker 出版總序

現今的世界是一個注重溝通及訊息大量快速傳遞的社會，也是一個需要懂得適時表達自己意見的時代，當意見的表達夠清楚明瞭，對方懂得你的意思時，許多事情才能順利進行；反之，則可能影響到事務進展的效率，甚而產生不可挽救的後果，大則如：一筆高利潤的生意就此泡湯或國家形象受挫，小則如：朋友間感情破裂。古人云：「一言以興邦，一言以喪邦。」這句話正明白揭示了語言的影響力及其重要性，但也不禁讓人玩味的是：怎麼樣的言語何以能興邦或者喪邦？有人認為說話有何難，這是不瞭解個中三昧的人說的話：其實，語言表達的學問可不簡單，所謂「一樣米養百樣人」，每個人因為生活經驗、教育程度、人格特質等因素，對於訊息的接收會有不同的解讀與感受，因此，訊息的傳遞若要能達到特定的效果，勢必要對於聆聽者與環境等相關因素有所瞭解，由此發展出一定的技巧並運用妥當始能竟其功。

揚智出版公司這套Speaker系列叢書的規劃，即是在一個觀念的認知下產生的：成功的演說（不論型式與目的）是需要高度技巧的活動，當中融合了知識力、情緒力與判斷力，整體而言，就是一門藝術。而此套書即在提供基本概念、理論基礎、技術分析及實務操作上的知識與資訊，以此建構出演說的自信心，期能嘉惠社會上各界的朋友。

水能載舟，亦能覆舟。企盼讀者在閱讀了本系列叢書之後，能「如魚得水」，不僅能喜好演說、享受演說，也能因演說而獲得幸福與財富！

序言

為何你需要閱讀本書

在你漫長的工作生涯中，總會有不少機會需要做口頭報告。無論是應徵工作、打一通商務電話、參加幕僚會議或上台進行一場全方位的多媒體簡報。這些時候，你的想法及自我表達的方式對你的職業生涯將會產生重大的影響。

聽到口頭報告這個字眼，大多數人都會聯想到上台演講；然而，口頭報告的涵蓋範圍是更廣泛的，它包含了各類型的會議、商務電話、客戶服務電話、爭取新業務及新客戶時的口頭推銷，甚至還包含應徵工作時的面試。一般大型企業中，每天在不同的部門及地點，可能有上百場的口頭報告正進行著；縱使是小公司，也可能會有兩、三個報告，如老闆在公司內部的競賽活動開始之前，來一段激勵人心的發言，或為一個計畫作一點補充說明皆屬之。

無論你現在已有工作，或是預備要找工作，甚或只是想到將來工作升遷發展時的需求，早晚都會有機會進行口頭報告，可能是應徵工作、拜訪客戶、打電話推廣業務或公開演說。無論你所面對的是一個人、五個人或是一千個人，都屬於商務報告的範疇。在幕僚會議中或是進行績效評估、向客戶或老闆推銷自己的創意，這也是屬於商務報告。無論其型式是個人直接面對面，或是利用電話寒暄，還是以書寫的方式傳達，只要內容涉及商務往來者，都屬於商務報告的範疇。

商務報告的目的不外乎以下各類：告知對方、說服對方、鼓動對方。工作面談甚而綜括了這幾類，因為你必須將自己的資歷告知潛在雇主，並說服對方：你是目前職缺最佳的適當人選，他們無論如何必須雇用你。如果你能夠精通口頭商務報告的技巧，在職業生涯的開創與前進的過程中，將可受益無窮。當雇主碰上兩位資歷相當的應徵者時，報告能力較佳者通常會是雀屏中選的那一位；若有兩位銷售員所賣的產品所差無幾，表達能力較優者，通常可以達成交易。無論你選擇任何行業，高科技產業、教育界、醫療保健業、服務業，甚或自營業，良好的溝通技巧可以說是成敗的關鍵。

不管你有任何計畫，在開始之前最好先擬出行動方案。若是你目前還在就學中，或是剛開始要找工作，都應先行假想以後在工作中，需要進行商務報告或打電話推銷產品時，對自己所可能採行的方法進行演練。若你現在已進入社會工作，則可選擇最符合目前工作需要的方式來加強你口頭報告的技巧，並假想其他可能發生的情境，以應變各種突發的狀況。

在你正為著成為一位優秀的演說者而努力充實不同技巧時，從「聽眾」的回應，即可評估自己的進步情形。每一次的口頭報告，你都必須瞭解並評估自己的進展。在本書中，會有許多技巧的演練，請務必確實演練。而在閱讀本書之後，於實地進行口頭報告時，這些練習將使你在講台上大放光芒。

目錄

1

口頭報告的九大類型

一對一的人際溝通

對某些人而言，他們寧可面對一大群人進行口頭報告，也不願單獨地面對上司、客戶或面試人員，進行一對一的溝通。個別人際溝通與較為正式的口頭報告，其相關之準備工作，所需花費的心力應是所差無幾的，都可能會是讓他人瞭解你個人及報告目的之唯一機會。下列步驟可以提供你一些準備的方向：

1. 應該要瞭解自己擁有多少時間可以進行口頭報告，才不至於因為所準備的資料過多而發生時間不足的現象；將想要提出的問題或對方可能提出的問題事先記錄；遵循預定時間表進行報告。當你回答問題的時間過長，或是討論的內容已經偏離主題時，都可能會發生時間延誤的現象。此時，你應該回到原來的主題，或是找出其他可運用的時間。若這些方法皆不可行，你只好提出另外的時間安排，以完成你的口頭報告。

2. 除非是應徵工作時的面談，否則你應該先準備一份議程表。若你並不需要與其他與會人員在議題上互相配合，就不需要給他們議程表。

3.作好準備工作。在你進行報告時，應將所依據的研究報告或文件蒐集完備，在報告時最好備有一份完整資料，以便與會者有所要求時提出說明。

4.針對所要強調的論點進行演練。這可以讓自己感受到所要談論的內容是否具有意義。可能的話，可以找一位夥伴進行練習，注意對方的回應，並同時修正自己的議論。

5.當你不知道問題的答案時，應向對方表示自己將會找出答案；找到答案之後，會打電話或以寫信的方式儘快告知對方。

6.參加面試時，事前應儘量蒐集資料以便瞭解所應徵的這家公司，諸如利用公司的年報或公司簡介。面試時所要提出的問題與談論的內容應事先備妥，屆時便可以表現出對於該公司與其業務性質的瞭解。例如：你為何應徵這家公司？這類問題你一定得事先準備妥當。如果你對於面談感到不安，或想對該公司有更進一步的瞭解，書店及當地圖書館中有許多書籍可以提供你作為參考。面試時，需要以口頭上的言論來表現你自己；而履歷表、推薦信函或其他書面資料及個人作品，則可以顯示出你的專業知識。你可以與朋友或已經有工作的人一起練習面試時的種種狀況，屆時方能從容不迫，自然得體。

7.適當的穿著。縱使是一對一的會面，得體的穿著也是必要的。即使對方可能只是穿著休閒的服飾，但若是你能夠配合你的職業來穿著，將會使你看起來更為專業；同樣地，從你的態度亦可以反映出你的專業能力。

團體會議或幕僚會議

不論是公司內的幕僚會議或是公司外與客戶的會議，若不是事先已預知情況並準備好發言內容，到時候你就必須以即席發言的方式，清楚告知自己的構想或意見。在這種情況下，表達技巧對你的生涯發展將會產生重大影響。當你面臨到這種情境時，有效的表達方法如下：

1.儘可能在會議之前先瞭解會議的主題並進行準備，可能的話先在事前取得一份議程。若你必須針對某一特定題目進行口頭報告，縱使不是正式的報告，事前的瞭解還是有助於準備的工作。在某些會議中，與會者是針對被指定的議題發言。這時，你並不是資訊的唯一供給者，但可能需要引領著與會者進行口頭交換報告。在這種需要許多人報告的場合，必得要先敲定主持人選。主持人需要負責將討論的議題及發言人作簡單介紹，並事先將主題區隔出來指定給各個發言人，例如：開會主題若是關於一項新設計套裝軟體的發行，此時團隊中每一成員所負責發表的議題都不一樣，有的人可能負責與產品包裝有關的問題，有的人可能負責產品推出的時程、產品訂價或其他議題。每一個與會者都應該要在事前便瞭解整體過程，但藉由主題的區隔可以使個人更能夠針對自己所負責的議題，於會議的討論中更有具體的貢獻。主持人也需要作最後的評論並提出問題，請適當的人回答（或請在場可能是最瞭解問題的人回答）。回答者得先說明問題，讓與會者都能夠充分瞭解問與答之間的連結。

2. 如果你所要進行的是一個正式的口頭報告，請參閱本書後面章節，其中針對這類主題會有進一步的討論。

3. 若你只是要提供自己的論點，為了讓自己的論點不會產生偏頗，對主題應該要有深入的瞭解。你可以事前先作筆記，以便在會議中思慮用盡時，可以產生提示的作用。

4. 若是你對所要討論的主題瞭解得並不深入，最好能在事前蒐集更多的資料。可能的話，打電話給會議發起人，以瞭解對方的期望。在此情形下，縱使沒有正式的議程資料，你也可以得到足夠的訊息，在討論會中有所貢獻。會議時，你應該要針對重點進行報告以引起大家的注意力。

5. 若是你不習慣發言，可以先記下自己的論點，在被要求發言時，即可作為輔助之用。會議結束時至少要提出一個問題或評論，若你只是默默地坐在一旁不發一言，看起來將會非常地侷促不安。

6. 若是你對所要參與的會議主題不瞭解，你的處境將會較為不利。然而你還是可以發言並參與討論，仔細地聆聽別人的論點，表達自己所抱持的正反意見並說明原因。

部門會議或小組會議

除了依循前一節所提的建議之外，在此增添以下建議：

1. 事先弄清楚誰是會議主持人，先與對方碰個面或與其他與會者一起討論主持人對於會議的期望，並說明自己可能提供的事項，敲定自己在會議中的發表時間。你必須先弄清楚自己被安排在誰之前發言、之後的發言人是誰，以及他們所要發表的議題。事先的瞭解對你將會有所幫助，因為這樣可以避免重複並能確保所有需要討論的議題皆已涵蓋。

2. 事先準備好議論內容。若是他人已提出相同的議論，必須迅速修正你的議論內容。在這個時候，你只要表示支持對方，並加入自己的看法即可。會議主持人若在事前能做好適當的準備工作，就可以避免這種情形發生。然而，些許的重複往往是避免不了的，比起那些只被提及過一次的議題，這些論述反而更能夠加深聽眾的印象。重複的議論而能夠造成此一效果，或許是一種好的現象。

接下來所要討論的是一個小組會議的失敗案例。有一家出版商想要選購電腦系統，在選擇供應商的過程中，接受了其中一家廠商的安排，因而偕同他的幕僚到對方公司聽取一些新技術，該家公司的會計經理負責與這家出版商進行交易，也偕同另外四個人參加當天的會議，其中包括有出版專家及技術人員。會議一開始，這位會計經理就將發言權交給那位出版專家，一直到會議結束，這位會計經理都未曾再發言。很明顯地，從出版專家的發言內容，即可得知他並未與會計經理充分溝通，因為他根本就不知道出版商的特定需求；而當技術人員進行說明時，出版商的幕僚們亦顯出疑惑的表情。這次會議結束之後，會計經理對會議的失序表達歉意，表示該團隊銷售的方法在公司才採用不久，因此有許多障礙尚未克服。不用多說，這次交易終究還是沒有簽成。團隊售貨為求有效率地運作，針對潛在客戶的需求並滿足之，事前進行充分的溝通是必要的。

給小組會議主持人的十個提示

▼在心中假想著聽眾進行準備工作，想像他們想從報告中接收到什麼訊息。

▼設定合理的目標。

▼到達會議現場，將環境整頓好，並先取出相關資料，迎接與會者。

▼訂定會議目標、議程與基本規則。

▼善用各種學習機會，儘可能根據經驗行事。

▼善用各種學習工具。

（續前頁）

▼傳達訊息時，最好將發言內容分為幾個段落，以提供對方詢問問題的機會。
▼注意時間的限制。
▼控制會議的進度。
▼下結論並提供指示。

與客戶開會

與客戶的會議可能是由你們公司所召開，也可能是由客戶所召開。若會議是由你的客戶所召開，對方的目的可能是為了要瞭解整個計畫的進度，或增加新的工作項目，或是與你們討論目前計畫中所遭遇的問題。會議也可能是由你或公司其他成員所召開，目的可能在於新業務的擴展，或針對目前的業務提出最新動態，或對已解決的問題、有待解決的問題提出說明。在會議中，你們必須說明自己準備了那些資料以及這些資料的取得方式，在回應客戶問題時，所提出的資料必須要能夠針對客戶的需求。在未經客戶同意前，不要隨便改變會議的主題。若是你所準備的方向正確，就可以預測問題並做適當的回應。被問及你所無法回答的問題時，應該誠實地告訴對方——不要企圖談論你所不瞭解的事物，遇到這種情形時，你應該表示自己找到相關資料後，會再給他們答案。之後，你應該確實做到並迅速回覆。

在與客戶的會議中（或是部門會議、小組會議中），有些情況下你可能需要即席報告。但因為在多數情形中，所談論的都是你所熟悉的內容，所以這時候你所需要的或許只是整理思慮的時間。許多人認為即席式的發言使人精神緊張，若要避免這種情形，可以遵循以下建議：

1. 在開始發言前稍作停頓。你可以藉此將所要談論的內容組織起來，先來一段開場白可讓你多出一些時間思考，例如：「你剛剛要我為今年銷售量的下滑提出說明，現在我們就來看看今年最後一季的銷售量。」在會議或演說中，你就可以藉此趁機整理你的思緒並歸納發言重點。

2. 對會中所談論的內容要有所回應。若是別人發言在先，你可以針對他們的議論加以評論以提出自己的觀點。藉此機會，你可以對多數聽眾發表自己的議論，也可以表示出對主題的看法。因此，在你沒有新論點要提出時，可以針對已被提出的內容作評論，這樣的作法可以使討論的內容更明確。如果碰上你完全不知如何回應的情形，可以要求對方給你幾分鐘的時間重整思慮之後再進行討論。

3. 思考要明確。縱使你沒有機會準備發言內容，也不要拒絕發言。每個人都知道你沒作準備，所以不需要求完美。若是你覺得不安，就儘可能讓你的發言內容明確精簡。

4. 發言內容要簡短。說出你想說的，然後精簡地作總結，不要讓大家覺得你的內容漫無邊際，並為你所說的話感到難過。

5. 說明要強而有力。縱使你所作的不是正式的口頭報告，你也應該儘量站著發言，若坐著則應該坐直，以一種權威式的聲調發言，眼光要與與會者接觸，需要強調某事時可稍作停頓，然後再稍稍提高音量，不要只針對發問者說話，應對著全部的與會者發言。

業務上的口頭報告

業務上的口報告其目的可能在於爭取新客戶，或與既有客戶談論新的交易，或檢討貨款的交付情形，或是策劃新的業務活動，甚至是每天都可能發生的一般業務性電話。

無論是有視覺輔助器材的正式報告、非正式報告、一對一的口頭報告，或可能只關係到幾位業務人員的口頭報告，或可能是與公司整體有關的口頭報告中，你所要報告的內容必須要考慮到會議的型態及與會人員。與會者愈多，與客戶簽約的機會則較少。在正式的業務口頭報告中，你的報告方式對你自己本身、對於公司或與客戶的關係將會產生重大的影響。

無論是何種型態的報告，你都必須先瞭解自己擁有多少報告時間。在只有你一個人報告時，你應該仔細地規劃報告資料，並在報告結束之前留一點時間給與會者發問；若是還有其他人報告，你得注意在特定的時間內完成你的口頭報告。若是需要使用視覺輔助器材，應該要事先確認這些器材是否備妥，以及會議場所是否得當。完善的事前準備工作，將是口頭報告成功與否的重大關鍵。

切記聽眾的需求，不要離題。對於不好的消息，不要刻意掩飾，應該以比較正面的方式發表出來。將好消息安排在壞消息之後發表。若你預測下一季的業務量將會呈現成長現象，就可以將這個預測安排在不好的營運報告之後發表；如果是研發上的新發現，也將他安排在壞消息之後發表。不要把擺在最後的議題遺忘，因此你必須要為與會者準備講義，其中包含發言內容的大綱。這些講議不但要易讀，並且要與公司的文化相契合。注意！講義上不要赫然出現漫畫或笑話（除非這符合公司文化）。

事先預測可能會被問及的問題，並且作好練習。切記，在回答不出問題時，你應告訴對方在找到其他資料之後再予回答，並提供你的聯絡電話與住址，然後記得處理這件事情。

會議中的發言

當有人邀請你在會議中發言時，你可能會事先提出發言內容的大綱。所以在準備的時候，應該將所提的大綱置放在身邊，以防最後有所遺漏。會議的安排可能是採大家圍著圓桌坐著的發言方式，也可能是採用比較正式的型態，或在講台上發言，也可能是以隨堂討論的方式。會議前你應該先決定會議時間的長短及所要採用的會議型態。

準備發言資料時，應以與會者為考量，以他們的需求作為準備之重點。例如：你是一位老師，即將在會議中面對其他的老師發言，這時你的演說資料必須新穎且針對此一族群作準備。若你發現一些新方法可以處理學生在課堂中的行為問題，並想知道其他老師們會如何處理這樣的問題，這種情況下，採用圓桌會議應是最好的方式。因為這種方式可以在你提出自己見解的同時，並以主持人的姿態引領大家進行主題的討論。

若你只需要在一個大型會議中的某一階段發言，有一種情形是你必須要注意的，就是在輪到你所負責的階段時，與會者可能仍想再繼續談論前一階段的議題。這時你為了裨益整體與會成員，必須要彈性處理這種狀況，並轉換你原有的想法。然而，若是你手邊有任何與剛剛所談議題相關的資料，或是有助於瞭解會議接下來所要談論議題的相關資料，你就可以藉此將談論的內容切入到你想要研討的領域。

團隊式的口頭報告

如果你要帶領一組人一起進行口頭報告，你必須負責召集小組成員，分派工作並監督所有的報告準備工作。在這種情形，通常你也會是口頭報告者之一，但因為你是主持人，因而在報告的前後或報告進行中，你都必須使會議保持良好的運作。將口頭報告的內容區分開來之後，以下的幾個重點你必須謹記在心：

1.在每一個區隔的報告，你擁有多少時間？

2. 報告內容先後次序的安排。

3. 誰是比較強勢／弱勢的報告者？

4. 主持會議者必須下結語，並主持問答單元（Q&A）。

5. 確定將報告中複述重點與修正方向的時間也計入報告時間的考量中。

應該避免的缺失

◆整個報告顯示出缺乏組織性。

◆部分的報告議題分派得不明確，造成口頭報告的內容有所疏漏。

◆報告時間控制不得當。

視訊會議

電話、電腦及書信仍是現今主要的業務溝通方式。然視訊紀元的到來，使面對面的口頭溝通方式又向前邁進一大步。不管與會者身處於何處，最好還是能夠在看得見對方的情形下進行口頭溝通。隨著視訊會議成為溝通方式的主流之後，無論在世界各個角落，我們都能夠與任何人面對面進行口頭溝通。許多大公司目前已擁有視訊會議的設備，公司內部員工已可以運用自如。但我們也不需要為了使用視訊會議的功能，而一定要到大公司任職，現今已有很多出租公司可以租用這些設施，並有專業的員工指導客戶使用的程序。

能夠將分佈在地球上不同的兩地連結在一起，使得視訊會議這項功能對於業務量遍及全球的公司而言產生極大的價值。透過視訊會議網路進行口頭報告與實際面對聽眾進行口頭報告截然不同。你可以假想自己的影像投射在電腦螢幕上的樣子，以及說話的聲音聽起來會是如何。那種情形可能是你坐著面對攝影機，螢幕上則出現另一端的與會人員，他們可能與你一樣處於相同的情境下。身為主要發言人，你出現在螢幕的頻率或許最高，而你在口頭報告時所使用的視覺輔助器材將由另外一部攝影機拍攝，所以，你如果不曾與攝影師一起謹慎地安排，過程中可能會產生些許混亂。你必須事先弄清楚自己是否可以站起來報告，或是否可以自己操作那些視覺輔助教具。

準備報告時，可以想像著自己正面對著攝影機。若是你不知道如何作準備，應事先與節目執行人員碰個面，他可能可以帶你參觀實際的視訊會議，或向你解說視訊會議的運作方式。

・有關視訊會議的幾點提示

▼與會人員的多寡：地理位置分散各地且每一小組成員不多的不同小組欲一起開會時，最適合採用視訊會議的方式。若是小組中的成員過多，在視訊會議中想要將所有的與會者含括進來就會產生困難。

▼準備其他的替代方案，以免運作不良的情形發生。假使視訊會議開不成，也可以改成聲訊會議。

▼在適當的時機下達指示。在視訊會議中一旦與對方連上線，應馬上告知對方。因為在不自知的情況下，有些人的行為或言論會經由視訊會議系統，不期然地讓其他地點的與會者看到或聽到，因而造成難堪。另外，就如同其他型態的會議一般，當你被引介時應該讓每個與會者都看到你。

▼設置一位掌控會議的執行人員，以保持會議程序的流暢，並負責會議的開場白與結語。

▼眼睛應看著遠方。會議室中設置著負責遠端及區域端的監視器，在會議進行中不要看著螢幕上的自己。記住另一端的人正在看著你，你不會希望讓對方看到自己在梳理頭髮、補妝或其他不雅的事。因此，你應該將注意力投注在發言者身上。

▼注意你的外在儀態。攝影機會有放大效果，這會使你的外在儀態暴露無遺。假想著自己投射

（續前頁）

於大螢幕上，任何不當之處都會顯現出來。與會時最好不要穿格子花式或過分鮮豔的服飾。

▼表現你對他人的體貼。以正常的聲調說話，用不著為了讓對方聽清楚而大聲說話。大部分的視訊會議系統在聲音傳送到其他地點時，會有一些遲延的情形發生。所以，你必須要等到對方的話傳送完畢再進行評論。打斷別人發言將會造成混亂，也是一種鹵莽的行為。

技巧演練

面對鏡頭時，不要感到害羞——參加錄影時或視訊會議時的提示：

◎將約五分鐘長的報告自己錄影下來（無論什麼樣的標題都可以），再把錄影帶反覆看幾次，並給自己一些客觀的批評，然後再演練一次，重新錄影。若你發覺自己一直犯著同樣的錯誤，就針對這一點重複地演練與拍攝。要是發現自己說話時斷斷續續地穿插著「嗯」、「哈」等字眼，就必須針對這種情況持續練習，直到自己可以順暢地持續發言五分鐘為止，然後再重新錄影。為了使自己習慣面對錄影機，整個過程可能必須重複演練五、六次。如果你覺得自己的外表或是臉上的表情並不適當，這時你可以站在鏡子前面演練，直

（續前頁）

到改掉臉上不當的表情為止，然後再演練一次並重新錄影。

◎面對鏡頭時感到恐懼，這是很自然的現象。很多人都是如此，縱使是經驗豐富的廣播人員也承認自己會有上台恐懼症。有一些抒解方式可以讓你好過些。無論是錄影或是站在大眾面前演說，你都可以選擇對自己有幫助的抒解方式，在上場之前放鬆自己。

◎當你對鏡頭中的自己不甚滿意時，就應該告訴自己，演說的內容比起你看起來的樣子還要重要。這時的你只要髮型及化妝都很自然就夠了。雖然燈光效果可能讓你顯得蒼白，但不要因此就化了個舞台妝，期望要如同舞台上的效果一般。對於女性而言，通常可以上點胭紅；緊張時會流汗而顯得油光滿面的男性，可以在鼻子、前額及下巴的地方撲點粉，即可改善反光的現象。

◎你的穿著會分散聽眾聽講時的注意力。在視訊會議中，其他地點的與會者可能與你從未謀面，會議中的你將是他們對你的唯一印象。這時你可以選擇自然柔和的顏色，適當地表現出自己的風格，不論男女都儘量避免選擇鮮豔的色彩及花俏的領帶，選戴樸素的首飾，避免穿戴複雜的耳環、手鐲及項鍊；男仕應避免穿戴條紋式的長條領帶，以免在鏡頭上看起來令人眼花撩亂；戴眼鏡者，最好選擇不會反光的鏡片及鏡框。

2

辨識口頭報告的目的、對象及準備工作

口頭報告的三項目的

一般的商務口頭報告可能都脫離不了三種目的範疇：告知對方、遊說對方或特殊場合的發言。除非你想當一位職業演說家，否則激勵人心與娛樂聽眾等技巧可以留待專業領域。但若你在演說方面的經驗已頗為豐富，增添一些激勵與娛樂性話題，可能會使現場氣氛較為熱絡。總之，口頭報告之前應先確定報告的目的型態。

告知性的口頭報告

此類口頭報告的目的在於將訊息傳達給他人。所以口頭報告時應儘量吸引聽眾的注意並力求清晰。報告的內容必須夠有趣，才能夠讓與會者集中注意力，聽取你所要傳達的訊息。在你的職業生涯中，大多數的口頭報告應都屬於此類告知性質，如公司內部的營業報告、與主管或部門同事討論新產品、或是向應徵者介紹公司，這些都屬於告知性的口頭報告。訓練說明或在各類俱樂部中的委員會報告也都是屬於此類。

說服性的口頭報告

說服性的口頭報告乃為了要讓聽者有所行動，或是試圖要影響聽者的行為。你可以使用有條理的方法、感性的方式或自己本身的形象作為訴求去說服對方。一個成功的說服性口頭報告，以說話者本身的風格及對於聽者的瞭解而言，多少都會運用到上述三種方式作為訴求。以下為幾種需要說服對方的情境：

◆說服上司給你加薪。
◆說服銀行貸款給你。
◆說服你的工作小組加班。
◆說服你最好的屬下不要離職。
◆說服學校董事會提供資金以成立新學校。
◆說服公司客戶繼續與你們公司往來。

在你進行說服時，雖然其中很多內容可能都不屬於正式的口頭報告內容，但是當你一旦處於這類情境，就必須要採取有效的方法來進行說服的工作。

特殊場合時的發言

在你職業生涯的發展過程中，可能會碰上一些不特定的特殊場面需要發言，其中可能是致歡迎詞、介紹性的發言、表示認可的言論或退場時所說的話。可能是在一個退休的晚宴中、生日的午餐會、園遊會、頒獎典禮、成果發表會或通過某項中請案時。在這些場合中發言的機會，每天都有可能會突然落在你身上。

而一旦決定口頭報告的目的與型態之後，就進入下一個步驟——確定你的發言對象是誰？

重視你的聽眾

你口頭報告的聽眾是那些人？他們希望從你的報告中得到什麼？在規劃報告內容之前，你必須進行相關資料的蒐集，這與擬妥演說內容是同樣重要的。若你的聽眾對報告主題缺乏興趣，你的口頭報告也就產生不了多大的效果。若你必須對一群大學剛畢業，第一次找工作的社會新鮮人進行口頭報告，主題為老人醫療保險的改革，這樣的聽眾會有什麼反應你可能較難掌握；相反地，若你的聽眾群是會計師、律師或教師，就比較容易瞭解此類聽眾的特性，因此也比較容易準備報告的內容。在公司中或產業界進行報告時，你或許可以依據不同的報告主題，判斷出聽眾可能抱持著敵對亦或善意的態度。若你的報告是有關紅利的問題，算你幸運；若是關於裁員的問題，你可能會很不好受。

如果你可以自己選擇報告主題，事先瞭解聽眾的特性可以讓你儘可能地安排出多數聽眾所感興趣的主題。欲先瞭解聽眾群，可以從會議發言人那裡得到資料，從你所認識的人得知，你也可以與那些曾經對著相同觀眾群進行報告的過來人聯繫，或閱讀與對方公司有關的文章。不要忽略掉這項準備工作，誤判對方或不瞭解對方的特性，將會使你豐富的報告內容大打折扣。

瞭解你的聽衆

準備報告內容時，需要先瞭解你的聽眾群，包括：基本資料、性格取向、態度、學習方法及弄清楚決策人員是否參與。

聽眾的基本資料

基本資料包含：聽眾的年齡、教育程度、職業、所屬社團及婚姻狀況，這些因素對你報告時所使用的語言、報告所涵蓋的內容、所採用的引述或例示，或是你想要表達的幽默感都會產生影響。因此，越能夠瞭解你的聽眾，可以使你的報告內容表現得越為妥適，也比較不會發生冒犯的情形。

在業務報告中，你必須知道誰是你的聽眾，高階主管是否與會，是否有很多部門參加，他們是否有個別的議題想要談論；你是否需要將報告的範圍縮小，是否要以主管的角度與屬下談論，或是以另一種角度與他們談論。聽眾群越廣，你就更難準備報告內容與符合所有與會者的需求。

聽衆的基本資料

聽眾基本資料包含下列各項：

- ▼女性與男性的個別與會人數及所佔的比例。
- ▼年齡層的分佈。

（續前頁）

▼所得層級。

▼教育層級。

▼居住地點。

▼職業別。

▼婚姻狀況。

聽眾的性格

接下來的步驟就是要瞭解聽眾的性格。如果你能夠得知聽眾對於你個人及談論主題所產生的感覺與印象，就更有助於你瞭解你的聽眾。

聽衆的性格資料

欲瞭解聽眾的性格特質需涵蓋以下各項：

▼他們對於你的演說主題有何感受？對他們而言，這些主題是否新鮮？

▼他們是否曾經參與加過這類主題的報告？

（續前頁）

▼他們有什麼期待？遠大的期望、夢想或目標？
▼他們有何喜好？
▼他們是否熱衷於政治？
▼你所提出的主張，他們先前是否曾經表示過支持？
▼他們是否心胸開闊？

弄清楚是否有決策人員與會

你必須事先知道公司總裁、你的直屬主管或是任何你想影響的人，這些人是否會與會。這些決策人員是否是你的聽眾，在事先獲知可以使你的報告主題更為明確，也可以得知其餘的與會者會向誰尋求回應。在一個會議中，縱使你得不到其他與會者的認同，但只要能夠得到決策人員的正面回應，就可以算是一次成功的報告。若你已經鎖定與會中的某一位決策人員，這時應該避免犯一個錯誤——就是發言時以他一個人為主，眼光只注視著他，這可能會使得其他與會者覺得自己不受重視，而使你的報告招致失敗。

報告內容的準備

所有的與會人員都懷著個別的需求與目的，他們對你的報告內容各有所需。從下列問題的答案中，即可獲知他們的需求：

◆他們對報告主題瞭解多少？
◆他們與會的目的為何？他們是自願與會亦或被指定參與？
◆他們對報告內容的期望為何？
◆他們對報告主題的誘因為何？
◆他們是否有著開闊的胸襟？
◆他們對你有何期待？

準備工作

一個準備充分的報告者，通常在會議前就會花時間將所有的細節弄清楚，以抒緩報告當天所會帶來的壓力，例如：當會議被安排在下午的時間時，千萬不要把燈關掉；枯燥的內容不要報告太久，否則你會發現聽眾們都已經睡著了。

何時開始報告

你應在什麼時候開始報告？誰在你之前報告？誰又在你之後報告？每一位報告者的報告時間有多長？當報告者超出所分配的時間時怎麼辦？你的報告時間是排在用餐前、用餐時或用餐後？你是第一位報告者或是最後一位報告者？

開會的場所

你必須知道在何處開會，以便瞭解場所的大小、現場的裝置及可以使用的設備、有那些設備必須自己攜至、報告時的位置、會議的確切位置（例如：幾室？幾樓？）及如何到達會場。除此，不要忘了弄清楚洗手間的位置，以免在會議中場休息時臨時找不到位置。

與會成員

與會者有那些人？多少人參與？會中還有誰要報告？他們所報告的內容為何？要報

告多久？事先的瞭解可以避免主題的重複所產生的難堪，若是你的主題與其他人發生重複的現象，可以先行溝通以確認所講的內容是否也大同小異。還必須考量的一點是：若將你的議題安排在某一議題之前，或某一議題之後，是否會更為適當。

如何報告

如何進行你的報告？你有多少報告時間？預留給聽眾提問題與報告者回答問題的時間有多長？是否在每一位報告者之後都會安插提問題與回答問題的時段？或是將提問題與回答問題的時段安排在全部報告者都報告完畢之後？

瞭解以上細節可以使你避免難堪，並有助於你報告的進行。這些細節對於許多報告的準備工作都會產生影響，例如：講義份數的多寡、需要使用那一種視覺輔助教具、空間如何安排、是否要準備麥克風。若你是以面對二十個聽眾的想法進行報告的準備工作，而實際上卻出現了一百名聽眾時，在好一點狀況下，你可能只是驚慌失措；而在最壞的狀況下，你可能會產生如大難臨頭般的感覺。

3

規劃你的報告

口頭報告的準備工作很多。在你開始撰寫報告內容時，應該花一些時間進行規劃，這可以讓你避免許多不必要的焦慮。接下來的十二個步驟可以讓你對於報告準備工作的程序有一個縱觀的瞭解。以下步驟將引導你一步一步地準備你的報告；至於有關告知性的報告與說服性的報告之章節中，則會針對章節的主題深入探討。

十二個規劃步驟

選擇報告主題

務必要撰擇適合與會聽眾的主題。若這個報告與你的工作相關，那麼你所要報告的主題可能已經被選定，或是直接指派給你。然而，你還是要以報告的目的、報告的對象及準備工作這三項相關注意事項為主要考量。

界定報告的中心主題

你的口頭報告最好是能夠在一個明確的主題上充分發揮，而不要使主題範圍界定得過廣，最後讓你的報告言不及義。鎖定你的主題不要偏離，並且不要忘了報告時間的掌控及聽眾的層級。

集中資訊

首先，必須將你對主題全部的瞭解寫下來。接下來你才知道要找尋什麼樣的資料，需要找那些人諮詢，或是找那些人互相討論。在你的報告中，除了提出事實的陳述與數據外，應該要更加地豐富化。你可以舉例、說故事、以類推的方式說明、進行個案討論、引用例證、表現幽默感，並以最好的視覺輔助教材來加強報告內容的豐富性。

選擇報告方式

這將會因為你的報告性質而有所不同（參閱第四章與第五章）。

提出報告重點

在你的報告中，提出三至五個主要觀點來支持報告的主題。務必在這些主要觀點間標上記號，以作為內容的分隔。

蒐集輔助性資料

以一些有趣的輔助性資料來強調你的報告重點，可以使聽眾在內容的吸收上更有幫助。

精確度的要求

在準備報告時應隨時注意先前所提的論題未發生離題現象，並且依循著主題發展，所提出的資料也應該確實查證。

設計開場白

開場白務必要能夠引起聽眾的興趣，以吸引他們的注意，並且要能夠反映出所要報告的主題。

強而有力的結語

你的開場白、幾個報告的主要觀點及一些行動上的呼籲，都可以用來作為結語的參考。結論務必要令人難以忘懷。

最後的定稿

將你的報告內容草擬在大張的便條紙上（不要使用索引卡），每一張草稿紙只使用上面三分之二的空白部分，其他的空白留著作註解。儘量使用簡短的字句，將那些令人印象深刻的短語及分段點記下來。

進行演練

大聲地進行演練三至六次。不需要每次都說得一模一樣，以保持自然為最高原則。錄下你的練習過程，並進行必要的修正。

反覆的練習

不斷地練習直到你認為完美。光是練習並不能夠達到完美的境界，必須是完美的練習才可能讓實際報告臻於完美。

準備起步

報告大綱

準備報告大綱可以避免你在報告中有所遺漏。他應是一種規劃性的工具，若是使用得當的話可以使你的報告有條不紊。無論是告知性的口頭報告、說服性的口頭報告或娛樂性的演說；無論你是在董事會中發言或是在退休餐會中發言，這些大綱都可以使你的整個報告過程更有效率。

我建議使用八英吋半寬、十一英吋長的紙（Ａ４尺寸）寫下你的報告大綱，而不要使用索引卡，因為索引卡的次序很容易弄亂。你只要將報告的概要記下來作為大綱即可，不要將報告的內容逐字記下來，這樣可以使你在報告時的修正空間更具彈性。較好的大綱謄寫方式有短語式或次序式的短句，短語式大綱的內容足以提醒你說出該說的內容，而且字句也不會多到會造成你注意力的分散，以至於目光集中在大綱上而忽略了聽眾。因此許多報告的重點都可以用短語的方式記下。至於開場白與結語的內容，則可以全部寫下來，但事前務必要有充分的練習，以免在報告的時候照著內容唸。

段落語在報告中亦扮演著極重要的角色。他可以避免你與聽眾間的隔閡，當你要使用一種總結式且令人印象深刻的陳述來複述先前所提的重要觀點，以進入另一個重點時，這時就要使用段落語。你可以將這些段落語的內容全部寫下來，還有其他需要講求精確性的事實事件或你必須記得的數據及重要聲明都事先寫下來。接下來我們所看到的是一個報告大綱的例子，主要是由一些短語所組成，其中包含開場白部分、三個論點的主要內容部分及最後的結語，大綱的最前端則列出聽眾類別及報告的目的。

報告大綱範例

聽眾：公司的高階管理人員。

報告目的：聽完這次的報告之後，聽眾們都能認同公司的電腦系統由麥金塔系統轉換到個人電腦系統是必要的，並認為轉換過程所需花費的額外成本及再職訓練費用是值得的。

I開場白（引人的話語之使用、報告主題簡介、提出可信的資料、報告內容預示）

（續前頁）

A.若是你知道使用麥金塔系統使公司每年流失掉五十萬元以上的營業額時，你們還會再繼續使用麥金塔電腦嗎？

B.當公司與客戶從事業務交易時，在電腦的最新運用與技術上，必須與客戶的系統相容以達到高效率的追求。

C.麥金塔系統與個人電腦系統兩種系統我都使用過，所以我瞭解最新的PC Windows NT軟體可以替我們節省人力，並有助於銷量額的增加。

D.轉換到個人電腦系統真的可以達到上述成果。

Ⅱ主要內容

A.麥金塔系統並沒有我們所要的軟體來輔助我們的銷售力。

1.我們的銷售人員平均每人每週有十小時的時間花在不必要的文書作業上。

2.我們的客戶所使用的是Windows NT系統，而公司目前的設備及軟體缺乏與客戶電腦系統的相容性，這個的問題造成我們的負擔。

3.我們不曉得有多少競爭廠商已在使用Windows NT，但是已經有客戶報怨我們的電腦系統不夠先進。

段落語：現在我們可以瞭解到客戶都已經在使用個人電腦系統，若是我們也使用個人電腦系統，就可以增強我們的競爭力。讓我們來看看轉換到個人電腦系統會給我們帶來什麼

（續前頁）

樣的利益。

B.以下是轉換到個人電腦系統的利益：

1.可以增強我們的銷售力：花費在文書工作的時間，可以用來打業務電話及訓練新人。

2.客戶可以直接在他們的個人電腦系統上讀取資料；這是目前我們在麥金塔系統上無法完全做到的。

3.購買新的電腦設備只要花費五萬元，而銷售量預期可增加五十萬元。

a.硬體設備成本——三萬元。

b.軟體設備成本——一萬元。

c.再訓練成本——一萬元。

段落語：我們都知道對於客戶的需求，以及對於公司銷售力的需求都應該要有所回應。將電腦系統轉換成個人電腦系統將可以滿足以上兩個目標。

C.我們公司的業務成本會降低，而我們的效率也會增加。

1.個人電腦系統的軟體比麥金塔系統的軟體較為先進且較不昂貴。

2.個人電腦系統可以增進工作效率，所裝設的軟體也較容易使用。

3.個人電腦系統不會走下坡。

（續前頁）

Ⅲ結語（重點複述並使用引人的陳述）

A.從麥金塔系統轉換到個人電腦系統可以讓公司的生產力增加，與客戶的關係亦可加強，並可以改善工作績效及提高銷售額。

B.使用個人電腦系統將可嘉惠公司所有員工，希望各位都能夠贊同於這樣的改變。我們有一位電腦專家可以提供協助，不要讓客戶對我們的滿意度因而大大地降低。

報告的三個主要部分

大部分的報告都包含三個主要部分：開場白、內容主體及結語。開場白可帶出你報告的整體內涵，也是引起聽眾注意的最佳時機。不當的開場白對於接下來的報告效果將會產生負面的影響。若是你在報告開始之前就無法吸引聽眾的注意，接下來再想要吸引他們的注意就會非常辛苦。開場白大約佔據你報告全程十至十五個百分比的時間；若是你的報告需要三十分鐘時間，開場白部分應該會有三分鐘。

無論是告知性的報告或是說服性的報告，報告主體都是傳達訊息的主要部分。在報告主體中，你可以列出三至五個重點，並可使用一些實際資料作為輔助說明及段落語來貫穿本文。段落語的內容可以在報告之前先全部寫下來，而重點的部分最好是使用片語式的記錄。本文部分將佔據你報告的七十至八十個百分比的時間；最後的五至十個百分比時間則會用在結論上。這可能是聽眾所聽到並能夠記住的最後部分，因此，你的內容必須與先前所講的相呼應並複述重點。若你希望聽眾對你的報告能夠有所回應，在此你可以做一個行動上的呼籲。

靈活使用段落語

當你要從報告中的一個部分進入到另一部分時，你將會使用到段落語。可能是從開場白進入報告主體，也可能是從報告主體進入結論部分；在報告主體中的一個重點進入到另一個重點時，你可能會使用到它。段落語的內容可以在事先全部寫下來，它可以作為導引的工具，使你的報告能夠完整流暢。在報告中有助益的段落語如：「現在我們來看看……、讓我們進入到……」，或是「我們已經建立出……標準，所以現在我們可以來看看……」。

報告資料的程度區分（必須要……、應該要……、最好能夠……）

由於大部分的實際報告時間都會比原本預期的時間來得長，所以你事先應該要有所準備，以便必要時刪減你的報告內容。有一個簡單的方法可以讓你便於作這一方面的控制，就是事先將你的報告內容以顏色標示為三個部分：聽眾一定得知道的部分、聽眾應該要知道的部分及聽眾最好能夠知道的部分。在每一個部分標上不同的顏色，在必須刪減內容時，你馬上就可以知道應該刪減那一部分。在擬具的大綱中，你可以在聽眾最好能夠知道的部分加上外框，若遇上必須刪減內容時，你就可以先將這個部分刪掉。但務必要記得每一個部分的標示顏色，若是怕自己會忘記，可將標示顏色的代表意義作備忘，這樣你就可以正確地選擇出所要刪減的標示顏色部分。不要為了要將全部的內容都講完就講得太快，因為這樣會使聽眾感覺緊張；而且在這種倉促的情況下，聽眾會陷於慌亂，你自己也可能因而遺漏重要內容。如果你使用顏色標記法，就可以事先準備好，以便在必要時刪減內容。

報告內容要緊湊

開場白

報告開始的部分具有關鍵性的地位，他將影響接下來聽眾對這個報告的印象。你可以在開始時就讓聽眾對你的報告產生強而有力的第一印象，否則接下來你就沒有機會讓他們產生這種印象。開場白部分應該達到以下四種目的：

◆吸引聽眾的注意。
◆引進報告主題。
◆建立可信度。
◆讓聽眾瞭解報告內容。

如果你不能夠在報告開始時立刻就吸引聽眾的注意力，在接下來的報告中想要再吸引他們就很困難。吸引聽眾注意力的最好方法就是使用一些撼動人心的話語，這可以採用很多種方式，可以說個故事、舉個例子、詢問一些假設性的問題、講些具爭議性的內容、引用名人名語或是發揮你的幽默感。以下列出幾個能夠撼動人心的開場方法，若是你能夠善用之，必定能夠吸引聽眾的注意力。

詢問問題

若你的報告內容與一個不尋常的假期有關，你或許可以以此開場：

「你們曾經利用假期的時候去探勘洞穴嗎？」或「你曾經和陌生人一起去探勘洞穴嗎？」

藉著詢問問題的方式，你可以讓聽眾很快地去想一些事情，以上述例子而言，聽眾們會想到的是：什麼是探勘洞穴？或與陌生人一起探勘洞穴將會是什麼樣子？

陳述一個不尋常的事實

同樣地以不尋常的假期這個主題為例，你也可以以一項統計數據開場，例如：「去年度只有四百個人利用他們的假期從事洞穴探勘的活動，我就是其中之一」或「去年我和家人利用假期的時間去探勘洞穴，我們是艾爾克區唯一選擇這種度假方式的家庭」。

舉個例子或說個故事

針對你的報告主題說個故事，為你的聽眾勾勒出一幅圖像。這不但可以吸引聽眾的注意力，也可以讓你的報告內容更具真實感。例如：「去年夏天我在公車上遇到一個人，他試圖說服我去參加洞穴探勘活動，首先他必須跟我說明什麼是洞穴探勘」或是「想像這幅景象，兩個大人、四個小孩、兩艘獨木舟、四條長繩、一個黑暗異常的洞穴、一本旅行指南，這就是我們洞穴探勘假期的開始」。

善用經典名句

除非是一些被人用濫的名句，否則引用名句將會是一種很好的開場方式。你可以到圖書館或在網路上找出一些比較特殊的名句或是一些名人名言。

善用幽默感

如果你想要運用你的幽默感，必須要確定是高品味的幽默，因為那對你的報告將會有所影響。所以你必須在使用它時感覺到很自在並且很有趣。若你對笑話的內容感到疑慮，可以事先找個可信任的朋友試試。在一大群聽眾面前使用幽默感是一種很高超的技巧，因為你可能會因而得罪了某一位聽眾。幽默會因文化上及宗教上的差異而產生不同的詮釋，如紐約人認為有趣的事情，堪薩斯人可能一點都不覺得有趣。

引出報告主題

不要等太久才切入主題，否則你很快地會喪失掉聽眾對你的注意。你的聽眾可能是被指派而來，或並非出於自願地來聽取你的報告，這時候他們若是不能確定可以從你的報告中得到他們所欲吸收的事物，必然會坐立不安。若是你在報告開始的前幾分鐘，還不能讓聽眾感受到從你的報告中可以獲得一些助益，接下來的過程你將倍覺艱辛。因此，你應該快快地引起他們的興趣。若是你發現有人在你的報告中途離席，不要因而受打擊——有很多原因都可能造成聽眾中途離席，你應該將注意力投注在你的報告上，並儘可能為在座的聽眾作一個最好的報告。

讓聽眾知道你是誰

若是出席者都已經認識你，這個步驟就可以省略；若他們並不認識你，你就必須先準備好自己的學經歷資料，讓聽眾對你心生信服。你應該先談談你與報告主題的淵源，並提出自己所要談論的內容；引介的人或許已經知道你的經歷資料，所以他所介紹過的部分就不用再重複，不過倒是可以多提一些聽眾想知道的事。雖然我有很多被人引介的經驗，但我還是會在報告之前說一些與自我介紹沒有什麼關係的話，有時候我比較喜歡說些剛發生在我身上的事情，或是可以牽引出報告內容的個人經驗。「因為我必須要等公車，所以我開始經營體能訓練公司」，這句話本身就已經頗引人入勝，並且可以為我開公司的理由提供一個有趣的解釋。

預示主題

雖然聽眾都已經知道你報告的主題，而且對這個主題多少已具有一些概念，但你若能夠馬上預示出主題，聽眾便可以很直接地知道從你的報告中可以獲得什麼。若你所進行的是一個告知性的報告，應該直接告訴聽眾你所要達成的目的是什麼。務必要直接且簡要。

若你的目的是在於說服聽眾，可以不需要如此地明確。你只要將報告內容的幾個重點列示，特別強調他們可能較為在意的部分即可。

報告主要內容

報告主要內容的一些特定組成方式可以參閱第四章〈告知性的報告〉及第五章〈說服性的報告〉。聽眾們的需求大多是在報告主要內容的部分獲得滿足，聽眾對於報告主要內容會有兩種回應方式：情緒性的回應或邏輯性的回應，而你在進行這個部分時應該要能夠滿足他們這兩方面的需要。主要內容中可能需要涵蓋一些新的資料，或是相同的資料但以不同的方式呈現，當你在準備這一部分時，必須要有所選擇。不用將你所蒐集的全部資料都放入報告中，只要將重要的資料放入即可。在選定主題後，就必須開始資料蒐集的工作。如果你的職業性質需要經常提出報告，這時候建立一些觀念性的檔案就頗為值得；當你在報章雜誌、期刊或聽到一些你想記下來的事物時，都可以將他們歸入觀念性的檔案之中。千萬不要對自己的記憶力過於自信；我曾經聽過一個很好的故事，想要在該星期週末的研討會中提出來運用，由於當時我很確定自己可以記得故事的內容，因此並沒有將故事內容先寫下來。結果研討會當天，我完全不記得故事的內容，因而無法在課堂上加以應用。當天晚上，我打電話給那個講故事的人，要求對方將故事內容重述一遍，並將他寫下來。現今，在我的研討會中我依然常講那個故事，每一次我都還是會將他先寫下來以防萬一。

當你在蒐集報告主要內容的資料時，務必確定這些是最新而且是最正確的資料。來自於權威性刊物的情報數據可以提供強而有力的證明，以支持你的看法；並可以使那些對你的觀點心存疑慮的聽眾有所改變。若你希望聽眾能夠有所行動，就必須提出充分的資料讓對方知道以前和他們抱持著相同觀點的人結果如何，如此就可以增強你所提出的觀點。例如：我想讓聽眾們認同「喜好運動的人活得較久，生活品質也較好」這個觀點。這時你可以使用一個方法，就是提出充分的證明及統計數據，以說明定期運動的人們比那些只吃健康食品的人活得更久而且也更健康。

你可以用說故事或是舉例的方式來補強你所提的觀點。如果你希望讓聽眾瞭解到，在過去的幾個月中，五英吋的罐裝鮪魚罐頭內含容量已經縮減。這時，你可以取出兩個同樣大小的鮪魚罐頭，讓聽眾看看每一個罐頭的內含量。這樣的展示可以讓聽眾在看到的當時，將你提出的觀點吸收進去。展示應在你的報告主要內容部分進行。

在報告主要內容部分使用情報資料就如同使用視覺輔助教具一般，有助於聽眾對一些觀念的釐清。例如：如果公司被接管，將會有多少人受到影響？有那些職務會被刪除掉？留在公司的人將會面臨什麼樣的局面？這時你就可以提出情報資料來說明這些問題，並讓聽眾對你的觀點產生興趣。

在你的報告主要內容部分，使用情報資料的方式如下：

◆舉例子——可增加趣味。

◆說故事——讓聽眾分享他人的經驗。

◆引用名人名語——必須是眾所皆知並享有聲名的資料來源。

◆下定義——可以印證你的觀點，並使你的觀點更容易瞭解。

◆比較——舉出相同的特點。

◆對照——舉出差異處。

◆統計資料——用實際的數據支持你的觀點。

在報告主要內容中使用輔助性資料

當你面對著含有敵意的聽眾時，雖然你不太可能說服他們增加課稅來蓋新的學校對社區而言是一項值得一試的計畫，但你卻可以運用一些輔助性的資料讓你的觀點較容易推動。在你一選定報告主題時，就必須開始蒐集資料，將你對主題的瞭解事項、重點以及必須要找出來的資料寫下來，並確定所蒐集的資料都是最新且是精確的，儘可能地找出能夠支持你觀點的資料。

印證你的觀點

雖然你可能很難去說服鎮上的納稅人，不論有小孩與否，興建學校都會為鎮民帶來好處。但在此時你就可以使用支援性的情報資料及統計數據，讓那些抱持質疑態度的人們信服你的論點。你應該使用一些情報資料來支持你的觀點。若是附近有與這個城鎮稅務結構相仿的社區，而且已經蓋了新的學校，整體上那個社區也因而得到許多好處。這時你就可以將這個情報資料在你的報告中提出來。是否在新的學校興建之後，提供了更好的學生個人再造機會，而使得青少年的犯罪率下降？較好的學校能夠吸引他區的人們來到這個社區，因而亦使得社區的資產價值增高？這些都屬於支援性的情報資料，可以運用在你的報告之中強化你的論點。

增加趣味

提高賦稅及興建學校是一個頗具爭議的問題，但你卻可以使用一些情報資料來增添趣味，引起聽眾對這個不愉快的主題產生興趣。諸如：在新學校附近價值增高的房屋數量，增加的工作機會，青少年犯罪的降低比率，社區人們在晚上可以任意選擇的課程增加數，可以讓資深鎮民免費使用的網路系統及電腦。

聽眾的融入

使用一些和聽眾有關的情報資料可以讓他們融入你的報告，例如：當你談論到新學校的興建時，你可以問他們「在座有多少人的子女就讀海景國小？」或「在座有多少人想要賣房子，但又覺得他們現在的價值比不上原先購買時的價值，或者你們認為他們會有多少價值？」一看到聽眾的反應之後，你可以將已興建新學校的臨近地區房地產價值統計數據提出來，並印證當潛在購屋者覺得某一地區的教育設施不完備時，當地的房地產價值將會下降或是停滯不前。

尋求情感上的關聯

當你的報告是與家庭安全相關時，若提起嬰兒潔西卡掉入後院的井底，數百個人員一起挖掘地道，數天之後終於將她安全救出的事件，觀眾對你的論點，必定會更為深刻。以那些眾所周知的事件或人物作為例子，可以讓聽眾對你的報告產生深刻的印象。

結語

缺乏經驗或是容易緊張的報告者經常錯失最後這個最佳機會，利用這個機會你可以對聽眾再次強調你的論點，並作一個行動上的呼籲。有效的結論可以增強你在先前的報告中所提的重點。若你所作的是一個業務報告，可以在這個時候複述產品的優點，以及使用這項產品的客戶可以獲得什麼樣的好處。若你是在鼓動納稅人興建新學校，這是讓他們點頭同意並有所行動的最後機會。你所下的結論將為整個報告劃下句點，並可在報告的尾聲中讓聽眾記得一些事情。一九六一年約翰．甘迺迪總統就職典禮演說中的結語，就是經常被引用的歷史名句之一。「不要問國家能為你做什麼，問問你自己能為國家做什麼」，簡短、切入重點並且令人印象深刻。你的報告結語可能無法像甘乃迪總統那句結語般令人難以忘懷，但還是可以對你的聽眾造成一些影響。

你可以針對兩個方向來設計結語：重點的複誦及一段令人難忘的語句或行動上的呼籲。

重點的複誦

◆必須簡潔扼要。
◆對你的報告目的作總結。
◆回應聽眾所關切的問題：「我可以在報告中得到什麼」。
◆強調主要的論點。
◆使用段落語句來引出結語或作一個行動上的呼籲。

最後聲明

◆創造一句撼動人心的語句。
◆回到開場時所使用的引人注意的語句。
◆展望未來。
◆行動上的呼籲。

你可以將開場部分所使用的標語再拿到結語的部分加以強調，也可以再設計新的標語。例如：如果你在開始時所使用的標語是「你如何讓你的資產價值增高？且讓社區的犯罪率下降？」這時你所使用的結語可能是「若你投下贊同的一票，支持社區興建新的學校，就可以使你的資產價值增高，並讓社區的犯罪率下降」。如果你想再創造出一個新的標語，可以依循著開場標語的模式：提出問題、提出不尋常的情報資料、舉例說明，或是以說故事、引用名人名語的方式。若你要採用標語與開場時的一樣，應該再加上一些結束式的語句在最後以加強深刻的印象。例如：「所以，如果你們希望資產的價值會增高，而且鄰近地區的犯罪率會下降，請相信我今晚在此所提出的統計數據，投下你們對增課興建新學校賦稅的同意票」。

讓聽眾能夠放眼未來，並提出一些理由讓他們能夠對你的報告多加考慮。例如：「當十一月的課徵興建新學校賦稅投票日到來時，記得你們今晚在此所聽到的話。興建新學校可以提高你的資產價值並降低鄰近地區的犯罪率，對我們社區而言，可以說是一種雙贏的情境。」

有關結語的建議事項

▼結語的時間不要超過你報告全程的百分之十。
▼結語的風格應與報告內容的其他部分相配合。
▼將結語部分的第一個句子全部記下來，其他部分則以摘要的方式記下。
▼你可以試著問自己下列問題，來檢視結語的內容：

1. 我的結語可以讓聽眾更認同於我嗎？
2. 我的結語可以讓報告有一個圓滿的終結，而不會令聽眾到最後還不瞭解我對他們的期待嗎？

若以上問題的答案都是肯定的，你的結語部分就可稱得上符合成功的標準。

加入感情於報告中

不要把自己當成是報告者，假想你自己也是聽眾席上的一員。那麼，你想從報告中獲得什麼？首先你或許不希望報告內容過於枯躁無味，然後你可能想從報告中受到鼓舞、受到啟發、產生某種信念或是以上種種皆有之。無論何種情境，聽眾對於報告者的回應都會受到報告者所營造的情感所影響，聽眾們可能無法記得報告中最精彩部分的詳細內容，但可能都記得曾經受到的感動。

人們在購買東西時，他的決定通常是受到情感所驅動。當然，在決定的過程中亦有理性的成分，然而，理性通常都排在情感之後。最明智的報告者知道如何抓住聽眾的情感，而且將此一情感延伸，以達到他們的目的。他們不會洩聽眾的氣讓他們受不了；他們也會注意到聽眾是來自何處，什麼樣的情境較易引起共鳴……。若你是報告者，將如何做到這些呢？

首先，在準備報告時描繪出目標：「當報告結束時，我希望聽眾……」。你希望聽眾產生什樣的情感及行動，如果你的報告是關於管理保健中心的缺失，其中某些情感是聽眾在報告之中可以受到激發的：

◆關心他們目前所選擇的保健機構能提供他們何種服務。
◆可能生重病的危機。
◆擔憂在保健系統支付的範圍之外，他們必須自行付費接受治療。
◆想要知道除了現行保健體系之外，還有何種支援性的選擇。
◆想知道還有那些保健機構可以提供更好的保障。
◆想要脫離目前保健體系的動機。

這些情感將會引發聽眾們採取最後的行動。每個聽眾有各自不同的著眼點，他們的情感將被他們所著重的部分所牽動。對報告者而言，應該視你對他們的訴求而定——例如：若是你希望他們與你的保健機構簽約，脫離原有保健機構——你應該將重點放在能夠引起他們作如此決定的情感上。你可以循序地誘發聽眾的情感，導引他們作最後決定：脫離原有的保健機構。

著重聽眾的情感

身為報告者，在報告的過程中，你將導引著聽眾的情感。所以你在說話的時候，聲調與速度上都應該要有所差異。對於需要特別強調的重點，應該改變你的聲調以引起聽眾的注意：講到嚴肅的論點時，將聲音降低；表示懷疑時，將聲音提高；提出觀點時，將聲音放緩；較受爭議的內容或立論基礎較為薄弱的部分，就加快速度帶過，讓聽眾與你一起經歷這些情感的過程。在你興奮、氣憤、擔憂、害怕時，就將這些情感表現出來。你曾經懷著絕佳的心情走進一個人很多的屋子嗎？心情是會相互感染的：人們會受到屋中大多數人的心情所影響。因此，你應該當一個具影響力的報告者，讓聽眾追隨著你的情感，讓你的情感引領著他們的情感，然後達到你的報告目的。

4 告知性的報告

在你的職業生涯發展過程中，所必須進行的大部分報告大都屬於告知性的報告。此類報告的目的在於提供新的資訊或談論一個新的話題。

在準備報告之前，先對聽眾有所瞭解，你可以得知那些訊息對他們而言是有趣的、有幫助的或是有關聯性的。你不應該浪費聽眾時間，讓他們聽一些不感興趣的內容。如果你所提供的資訊太多，可能會流失掉一些聽眾，因為太多的資訊容易造成他們的困惑。因此請將必要的資訊含括進來，並把多餘的資訊刪除。通常你會在講義中提供一些額外的情報資料，還會在報告完畢之後回答聽眾的問題；若你所提供的訊息不足，也會造成聽眾流失的風險，或是因而降低了聽眾對你的信賴感。

欲使一個告知性的報告發揮他的功效，必須注意下列四個要件：

最新資訊

若你夠能提供最新且最即時的資料，聽眾對你的報告將會感到有興趣。若是他們對於報告主題已極為熟悉，這時候你務必要提供一些情報資料或是新的發現，或是振奮人心的理論來與他們分享。你應該不會想看到他們臉上露出「喔！這個我早就聽過啦！」的表情，或是讓他們覺得很無趣。果真如此，他們將不會再邀請你來談論這個主題。例如：你的報告主題是保持苗條，吃出健康。你的聽眾或許已經擷取過與這個主題有關的一些訊息，但若你的報告內容是著重在你個人的新發現，或以親身的經驗來驗證你的論點，聽眾們就會覺得有趣多了。

良好的組織規劃

準備報告內容時應該考慮到是否能讓聽眾們快速地吸收。若是你的報告內容有很明顯的漸進程序，這時你就必須要加強聽眾的記憶。使用關鍵字句予以強調，並重複之，以加深聽眾對這些訊息的印象。當你的報告中含有很多的圖表時，可以使用電腦輔助教具來與聽眾產生互動。在精彩的時刻，那些繽紛生動的顏色可以吸引住聽眾的注意力。許多電腦製作的圖表可以在螢幕上移動，其中所顯示的資料就好像在螢幕上舞動一般。

保持趣味性

縱使你所要提供的是屬於技術性的訊息，也應該要以較引人的方式作為訴求，並使用一些較為生動的說詞。這時候你可以與聽眾一起分享一些名人趣聞、歷史事件的片段及一些情境假設事件。運用例子、故事、隱喻、個案研討及你的幽默感。以提問題的方式或作練習及實驗的方式帶領著聽眾融入你的報告中，不要讓自己只是無趣地提出資料，將全部的內容交代完畢了事。即使是極為技術性的資料，你也可以新鮮有趣的方式表現出來；而縱使是對於報告主題最感興趣的聽眾，也不可能一次就吸收太多的訊息。

鼓舞聽眾

你的報告務必要與聽眾有所關聯，並以最突出的方式呈現出來。一個強而有力的開始對你也將有所幫助，因為在聽眾深信你的報告中含有一些有價值的訊息時，對於你的報告內容將會更為期待。所以你應該在報告一開始的部分就讓聽眾們得知可以在報告中得到什麼。若是在報告聽完之後，聽眾果真想要提高他們的生產力或收入，就告訴他們如何辦到。例如：你的聽眾都是公司的潛在買主，他們可能會購買貴公司所生產的維他命及礦物質方面的新產品，所以會想知道屆時你們將提供他們何種特殊優惠。

瞭解不同的學習方法

對於我們所聽到內容，其中的大部分很快就會忘卻。縱使你的告知報告充滿了有效的情報、機智的故事及有趣的軼聞，聽眾們一離開屋子後還是會很快忘記大部分的報告內容。或許他們記得其中的幾個關鍵要點，甚至也可能記得你領帶或領巾的顏色，但對於你所講的大部分內容，甚至是你的姓名可能都會忘記（這就是你必須要準備完整的講義的原因）。你應該如何幫助聽眾記得你的報告內容呢？你必須弄清楚不同的學習方法，在此提出三點務必要記住：不斷重複、簡單說明、著眼於大處。

不斷重複

告訴聽眾，提醒他們，再次地對他們強調。在你的報告開始時，先預示出幾個報告重點，在中途作總結時，再將這些重點陳述一次，重複地說明，但不要過於冗贅。在告知性的報告中，讓聽眾重複聽到重點內容是很有用而且是非常重要的。在預示訊息、回到同樣的訊息或總結訊息時，試著以不同的方式將這些訊息表達出來。相同的訊息，聽眾聽得次數越多，記住的機率也就越高。當你使用視覺輔助教具，欲重複一些訊息時，可以讓觀眾參照螢幕上的圖表或其他的書面資料。不要害怕表達相同的訊息，只要你用不同的方式表達出來就無妨。

簡單說明

用越簡單明瞭方式表達你的報告，聽眾們就越容易記得。將你的報告主題區分為不同的段落，分開說明不同的段落內容，然後將內容加以複述，以確定聽眾們都已經瞭解內容。若你的報告與公司的新產品訊息有關，就不用再提起舊產品，除非這些舊產品已經停產或已被新產品所取代。務必確定所提出的訊息不會模糊不清，而且這些訊息也是針對你的聽眾所提出。

著眼於大處

儘可能提出觀念性的內容，不要著重於細節。人們較容易記得觀念，而忘記瑣碎的細節。若是你的公司與另一業務性質相似的公司互為競爭對手，這時候你可能必須找出一些細節資料，來彰顯兩家公司的差異，讓你的公司能夠突顯出來。但你還是要使用較適當的方式來評論之，細節部分只要在講義中深入說明即可。

內容要聯貫

一旦你選定了主題，對聽眾進行過分析，並且蒐集好資料，就可以進入最後的準備工作。對於告知性的報告，有下列六種規劃的方式，你可以選擇其中一種有效地加以運用。

年代順序

依據事件發生的年代或時間先後來規劃你的報告內容。若你的報告主題與時間的漸進性直接相關，你或許可以使用時間表來描繪整個過程，視覺輔助教具可以讓聽眾們對於不同時間的發展事件一目瞭然。（參照表4-1）。

空間順序

與空間需求有關的報告內容若是能與視覺輔助教具一起運用效果會更好。如果你的報告是關於教室佈局對於學習類型的影響，你可以說明每一種方法，並展示給聽眾看，

表4-1　時間順序——人們收看電視的習慣在這五十年間的改變

時間	事件
一九四七	美國有5%的家庭擁有黑白電視；成人平均每週花30分鐘的時間在電視上。
一九五七	美國有30%的家庭擁有電視；成人平均每週花2小時的時間在電視上。
一九六七	美國有70%的家庭擁有電視；其中50%的家庭擁有彩色電視；成人平均每天花1.5小時的時間在電視上。
一九七七	美國有80%的家庭擁有電視；其中65%的家庭擁有彩色電視；成人平均每天花3小時的時間在電視上。
一九八七	美國有90%的家庭至少擁有一台彩色電視；有40%的家庭擁有2台以上的電視；成人平均每天花3至4小時的時間在電視上。
一九九七	美國有95%的家庭至少擁有一台彩色電視；有75%的家庭擁有2台以上的電視；有85%的家庭擁有有線電視；成人平均每天花4小時以上的時間在電視上。

圖4-1 空間順序——學習中心教室的座位排列

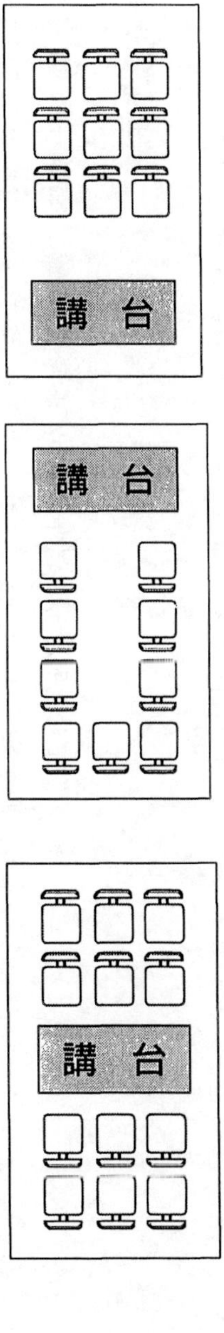

解釋他們運行的方式，這可以讓聽眾瞭解到實際的情形，並且自己決定什麼樣的教室佈局效果較佳。（參照圖4-1）。

地理順序

這類的報告內容也是以空間來規劃，但主要是以地理上的空間。如果你要談論蘇聯的解體，使用一些地理圖片資料，可以有效地讓聽眾瞭解到這個國家解體前後的樣子，面積的大小，聯邦各國間地理上的關係及他們所涵蓋的廣大面積。

論題順序

將報告主題區分為不同的議題分別作說明。若你的主題是關於美國今日的工會，這時你可依工會別區分出不同的議題（例如：運輸工會、成衣工會、自動化工會……等），或是以某一州的某一工會分開描述。

比較與對照

在報告中將特徵、特性及品質相似的事物提出來作比較，然後再比對他們之間的差異。拿一個大家所熟悉的事物作比較，可以幫助聽眾對不熟悉事物有所瞭解。若是你試著要解釋全球溫室效應這個題目，你可以提出一些相關性的事物來作比較，例如：使用如何讓屋子溫暖的過程來解釋全球溫室效應的產生過程。

原因與結果

以原因與結果來規劃報告內容的方式極為講求次序性。應將已經發生的事物，或是即將發生的事物安排在內，然後再安排即將產生的結果。例如：若是你的公司只針對部

表4-2 告知性報告規劃單

報告的目的：______________________________

____

內容規劃方式：______________________________

____

聽眾基本資料：______________________________

____

開場白

標語：______________________________

____

主要內容概述：______________________________

____

聽眾可獲知：______________________________

____

預示主要內容：______________________________

____

主要內容

輔助性說明資料及段落語可以含括在此部分

主要論點：______________________________

____

輔助性的細節說明：______________________________

____

段落語：______________________________

____

主要論點：______________________________

____

輔助性的細節說明：______________________________

____

段落語：______________________________

結語

複述報告內容：______________________________

加深印象的語句：______________________________

分員工停止醫療給付，結果將會引起一些員工的不悅並引發怨氣。你也可以使用這種原因與結果的模式再設計許多不同的內容。

在決定報告內容的規劃模式之後，接下來就是將你已經蒐集到的資料組合起來。告知性報告的規劃單（參閱表4-2）這項工具可以協助你進行這個過程。

技巧演練

針對你為何選擇大學中的主修課程這項主題，設計一個五分鐘的告知性報告，並將過程錄下來。看看自己的表現，聽聽自己的表現，並提出評論。

告知性報告的十項注意事項

1. **重質不重量**

你應該如何衡量一個成功的告知性報告?答覆：應以聽眾們對報告內容的理解程度與記憶程度來衡量，而不是以報告內容的多寡來衡量。所以不要只是將大量的訊息報告完畢。

2. **不要讓聽眾覺得混亂**

報告者已講完某項資料，但聽眾們卻因為沒有跟上而不知所以然，這種情形常會發生。你

（續前頁）

應該引領他們尋找到所講的內容部分，並提供許多的標示記號，資料中多用一些總結性的說明，並複述資料內容。你需要像個導遊一般，不要讓聽眾們在一堆資料中迷失了而跟不上進度。

3. 假設聽眾們不瞭解報告內容

當你不能確定聽眾們對報告內容的瞭解程度時，先假設他們全然不瞭解，然後多下一點功夫，讓你的報告內容更容易聽懂。你可以多舉一些例子或以類推的方式說明，或是以另一種解釋方式來協助聽眾們理解。

寧可不厭其煩地說明，而不要讓聽眾感到不能理解，因為那樣會使得聽眾產生受挫感。當聽眾們的回應表現出他們已經理解之後，再繼續你接下來的報告內容。

4. 運用聽眾所知之關聯性事物作說明

當你要解釋報告中的一些新訊息時，可以利用聽眾們已經瞭解的事物來進行關聯性說明，使他們更容易理解。將其間的相似處特別提出，並指出其間顯著的差異。人們的記憶乃是以聯想為其依據，所以你應該儘量找出他們所熟知的事物與你所提出的新訊息之間的關聯性。

5. 使用視覺輔助上的簡明資料

如果人們在聽到你說明的同時也能夠看到資料，他們可以比較快地理解也較容易記得。因此特別要注意的是：你的視覺輔助資料必須要簡單、明瞭並且具體化。

6. 少用專業術語

每一個行業都有他們通用的語言，即所謂專業術語或行話。這樣的語言，對於報告者而言可

（續前頁）

能如同第二種母語般熟悉，但對於你的聽眾卻不盡然。為了那些聽不懂這些專業術語的聽眾們，在報告中你應該提出解釋，或乾脆就不要使用這些專業術語。

7. 與聽眾們互動

儘可能避免一個人唱獨角戲。如果你所進行的是一個較複雜的、技術性的，並且是較為特殊的報告時，聽眾們的回應就更加地重要。為了知道自己是否已將訊息成功地傳達出去，你必須定時測試聽眾們的瞭解程度。鼓勵他們提出問題，並且自己提出問題來詢問他們。不要害怕與聽眾互動，那可以令你得知聽眾們的理解程度，以便在必要的時候調整你的報告內容。

8. 實際的展示

除了視覺輔助資料外，可能的話可以運用實地的展示來說明你的觀念。實地展示可以令聽眾印象深刻，有助於他們的理解與記憶。

9. 求新求變

有很多聽眾是懷著倨傲與嘲弄的心態來聽取你的報告。當你的報告受到一成不變的模式所框限，你的腦中出現「通常我們都這麼做」，這時候你應該要有所警覺。這確實就是適當的模式嗎？或是你們這些報告者是否都受這個常規所框限？若你想要吸引聽眾的注意，並在報告內容中增添趣味，你應該試試一些新鮮的、較有變化的及特殊的內容。在技術性的報告中，不要讓那些枯躁的資料所侷限，使你無法為你的報告注入新意。

10. 推銷你的報告

（續前頁）

雖然你不是銷售人員，但你仍必須要以推銷的方式來進行你的報告。聽眾們若感受到你的報告對他們有所助益，他們就會用心聽講。不要一廂情願地認為自己的報告所提供的價值是可以不證自明的，你應該要指出它的價值，明白地指出它的助益，並指出它的展望。你的聽眾若是不需要這方面的訊息，他們自然不會用心吸收。但你必須讓他們瞭解「我可以從報告中得到什麼」。

5 說服性的報告

你曾經訂購過電視上商業廣告中的商品嗎？如果你的回答是肯定的，就可以證明你曾經對說服性的報告會有所回應；若是你曾經買過汽車，就是對另一種形式的說服性報告也產生過回應，然而這卻是兩種極端不同的說服性報告類型——一種是與報告者在報告之中互相反應，一種則是自己獨自反應。但這兩者都是屬於非常成功的類型。釷星汽車的銷售方式可以說是說服性報告中的另一種模式——側面銷售法。釷星汽車的廣告中著重於他與其他車種不同的地方，經銷人員不能在價格上討價還價，而且他們甚至不能只是將一部車賣出去，而是必須要創造出一種愉悅的購車氛圍，讓客戶覺得自己不僅僅是在買一部車，而甚至願意利用他們的假期去參觀釷星汽車的廠房設施。

如何才能具有說服力呢？使用不同的方法去證明你的報告內容。亞里斯多德曾說過「品牌、感情力及思潮」，而這些在今日仍然有其效用。

「品牌」在希臘語中的意思為理由，也是「邏輯」這個字的起源。他含括你所提供的情報、數據、統計資料及其他的書面資料，這類資料比較傾向於用來輔助報告者說明自己的觀念，就像選舉期間一些政客們的演說一般。

「感情力」這個字也是源於希臘，與感情的運用有關。你可以依此方法針對聽眾的需要、需求及欲求作為你的訴求目標。許多的決定都摻雜著理性與感性（也就是品牌與感情力）。瞭解聽眾的需要是你說服他們的關鍵，若是你要讓聽眾滿足於他們自己的決定，你必須同時運用品牌與感情力的說服方式。許多具科學邏輯傾向的人只強調理性的思考，但縱使我們自己不願意承認，身為人類的我們，很不可思議地還是會受到情感所影響。

第三種證明方式是「思潮」，或該稱之為「可信度」。聽眾對你的瞭解程度如何？你的學經歷為何？針對這個議題，你是一個夠資格的報告者嗎？許多人在投票時是針對政黨投票，而非針對候選人。由於投票者對政黨的認同，使他們認為政黨提名候選人也必定是最好的人選。他們的信賴並不是針對候選人而是針對政黨。若是政黨之中發生不名譽的事件，候選人也將同樣地蒙受污點。由於投票者下決定時只是依據其政黨之可信度，所以候選人個人也就不那麼重要了。

可信度的建立

可信度的組成要素為何？可信度包括三個要素：信任上的認同、能力上的認同及說服力上的認同。不論報告者實際上是否具備以上這些要素，唯有聽眾的認同才是關鍵所在。要讓聽眾覺得報告者足以信任、有能力且具說服力，才是最重要的。接下來報告者就可以決定為聽眾準備那些報告內容。

然而，若可信度是一項關鍵因素，你應該如何去面對呢？你的個人能力可以在開場部分介紹，其中包含個人的學經歷資料及成就；而說服能力則需要經由你在報告過程中的表現才能夠顯現出來；然而，關於聽眾對你的信任感方面則較難掌握。有一種典型的方法是從一般的事物來與聽眾建立信任感，其中如果有你與聽眾之間的相似處——個人背景資料上、態度上及經驗上的共通之處都有助於信任感的建立。例如：「我與你們大部分人一樣，已經在芝加哥住了三十年了；我和你們大部分人一樣，畢業於芝加哥公立學校；我和你們大部分人一樣，十五年來一直在芝加哥繳稅；而我也和你們大部分人一樣，想繳少一點的稅……」。你所找出的這些相同事物——居住的地方、就讀過的學校、繳稅事件及個人的不滿，這些共同性事物有助於你與聽眾間信任感的建立。

成功的報告大部分都脫離不了這三種說服性要素的運用。報告者個人風格、聽眾群的特色及報告主題會影響報告者對於這些要素的綜合運用方式。除了這三種說服要素外，說服性報告又可區分為三種不同程度：鼓動、使信服及使行動。

第一種程度的說服是鼓動聽眾。你想要藉著報告的內容來激發聽眾，但或許還不能夠改變他們的觀點或信仰。「鼓動」就如同教堂中的傳道，或像是球隊教練在開賽前將球員聚集在一起激勵士氣一般，你只是想要讓聽眾對你的報告內容或他們自身產生好的感覺。

第二種程度的說服是使聽眾信服。你希望聽眾們改變他們的觀點並認同於你的觀點，因而改變他們原有的心意。若是他們尚未持有特定觀點，你希望他們能夠站在你這一邊。例如：你們公司目前所使用的是麥金塔電腦，但你認為個人電腦可以發揮更多的功能，所以你想要說服公司主管人員及其他有關人員認同於你的觀點。

接下來，讓我們談談說服性報告的第三種程度——使聽眾有所行動。你希望聽眾去做某件事情，可能是投票給你的候選人、捐錢給某一慈善機構、雇用你；以剛剛那個例子而言，你希望公司主管能夠同意在公司中購進個人電腦。這是說服性報告最難達到的一種程度。

你可以使用相同的方法來準備所有的說服性報告。第一個步驟是將報告的內容大綱擬定，再依循本書所提供的方式去做，首先需要決定你的報告目的：鼓動聽眾，說服聽眾，使聽眾有所行動，或是其中的兩項，例如：說服聽眾並使他們有所行動。你的目標務必要明確，如此才可以依據目標決定出報告內容所要達成的功效。

接下來是弄清楚聽眾的類型及他們將會表現出的態度：贊同型、敵對型、冷漠型、無知型或是混合型（混合贊同型或混合敵對型）。為了讓你的報告發揮功效，你必須瞭解聽眾的類型，並多少能夠知道他們的想法。

贊同型的聽眾

他們原已瞭解你的觀點，或許也頗為認同。公司的主管自己家中可能已有個人電腦，而他也認為使用很方便，只是尚未想到要將公司的電腦改為個人電腦。

敵對型的聽眾

弄清楚聽眾們敵對的理由，他們是針對你的報告主題？你所提的要求或是你的觀念？或他們原就屬於頑固一群？我曾經報告過一個有關訓練技巧的主題，當時我走進訓練教室並開始自我介紹，然而並沒有任何人向我表示歡迎。我希望能夠改善當時的情形，因此並沒有馬上開始報告的內容，而是讓聽眾先來談論他們對於這個主題的不滿，我要求他們談談反對的原因。他們立刻瞭解到我願意傾聽他們的想法，於是開始放開心胸地談論他們的問題點及不能夠認同的理由。他們反對的原因之一是訓練課程開始的時間，我們原是在七點開始，而他們則希望在六點半開始，因此我告訴他們隔天就從六點半開始，這使得他們瞭解到我是真的在傾聽並在處理他們的不滿。

我還碰過另一種情形，有一個公司要求我去幫忙推動一項課程，而這項課程已經向業務部門公佈了，但業務人員卻認為這種課程根本無濟於事，只會浪費他們的時間。因為他們對於這項課程的感受相當地負面，所以我就明白地詢問他們反對的理由，聽完他們為何認為自己不需要接受這種訓練的理由之後，我告訴他們，這個課程可以令他們獲得什麼樣的進步，以扭轉某些原有的劣勢。我還詢問他們，自認為可以在那一方面的技巧上獲得改善，並聆聽他們的作法，不久之後，他們就感受到我很樂於幫他們改善許多方面的技巧，所以他們自己也希望能夠繼續進行下去。當時，我表現出自己明瞭他們所關心的事物，並且願意與他們共同努力。

冷漠型的聽眾

這樣的聽眾對你的報告內容根本就不在乎，所以在讓他們贊同你之前，你必須讓他們先瞭解到，支持你的觀點會帶來什麼樣的助益。例如：社區中的年老居民一點都不關心興建新的遊樂場這項計畫，縱使興建基金已經籌備得並不需要他們任何花費，也引不起他們的關切，因為他們不會再有年輕的孩子。這時你應該舉例說明遊樂場的興建會給他們帶來什麼樣的好處（他們家中可能會有孫子，或其他成員，或大小孩……等可使用），以這些原因來說服他們支持遊樂場的興建計畫。

無知型的聽眾

這類聽眾並非反對你的報告內容，他們只是一點都不瞭解你的報告。你的目標雖然明確，但對這類聽眾必須要花多一點時間去啟發。你的工作是要去教育他們。例如：若是你想要我捐錢，為鄰近的流浪貓、狗閹割，但我個人並沒有養寵物，也不是寵物的愛好者。這時候，你就必須讓我瞭解到，鄰近地區流浪貓、狗蔓生充斥而產生不良效應的情形。

混合型的聽眾

這種型態又可分為兩類：混合贊同型與混合敵對型。混合贊同型包含贊同型、無知型與冷漠型的分子，你必須向無知型的聽眾深入說明，並使冷漠型的聽眾對你產生信服，使他們認清實際需求與利益。若是聽眾群中甚或存在敵對型的聽眾，受其影響下，聽眾群自然會自動再作自我調整。當這種情形發生時，這一群體即成為混合敵對型的聽眾，在你對聽眾類型進行分析時，應對此一類型的聽眾早已有所準備，你所要接受的挑戰是去除他們的敵意，並儘快地使他們站在你這一邊。有時候，真正具有影響力的聽眾甚或不在屋中聽你的報告——你的聽眾抱持著某人灌輸給他們的觀念前來。若是你能夠應付敵對型的聽眾，你也就可以應付其他混合型的聽眾。

混合敵對型的聽眾可能是最難應付的類型。這時你務必要將報告內容嚴加組織，並提出評論，如「若你依照這樣的程序進行，你的部門可以得到什麼樣的利益……」。若是混合敵對型的聽眾相信你能夠接納他們所關切的事物，也不害怕去談論這些事物，這種情形之下，他們在之後的報告中也就較容易聽取你的觀點。你可以自己決定是否要去瞭解他們敵對的原因。他們的不滿或許完全與你個人沒有關係，可能是由於預算被刪減、不公平的升遷或是其他與你報告內容一點關係都沒有的不滿情緒。若是你願意充當一位良好的傾聽者，你將可得到聽眾們的尊敬。若是你已經知道聽眾對你的報告將會抱持著反對的看法，你應在報告進行到一半時，將這些否定論點逐漸隱去，以一些正面說法作結論，但千萬不要含混說詞，聽眾們終究還是會發現的。

當你的報告目的與聽眾群都能夠確定之後，想想如何規劃你的報告。你要花多少時間報告？你要在一天中的什麼時間進行你的報告？你是否為一群報告者中的其中一位？聽眾有多少人？你要在那裡進行你的報告？接下來，就是資料的蒐集工作。所蒐集的資料必須是恰當的、即時的、精確的、有相關性的並且是合適的。例如：你所要報告的是有關社區教育基金的刪減問題，這時你務必提出可支援你論點的情報資料並進行說明。如果你以籌備基金對聽眾作為訴求，可能會感受到他們的敵意，因為他們認為稅賦原已經很高，而且他們的小孩也可能都已經離開學校。所以，你必須要找出他們可能接受的界線去作為訴求。你手中可能有一些研究報告能夠證明，改良社區教育品質這項花費不但可降低犯罪率，並可提高資產價值——你可以傳達這樣的訊息來滿足聽眾的需求，同時掌握住報告的內容進度。準備資料時務必隨時想到聽眾的特性與他們所抱持的態度。

最後，你應該決定如何來設計你的報告，有四種可行方式：提案的方式、解決問題的方式、反映的方式與連續激勵的方式。

提案的方式

使用這個方法時，你的提議必須在報告開始就先作說明。這可以使聽眾立刻瞭解到你對他們的期待。接下來，你必須提出三至五個證明的論點，及一些情感上的訴求來說明你的提案。最後你必須複述實證並下一個強而有力的結論。由於你希望聽眾們能接受你所要提出的論點，所以你應不會在報告開始時對你的聽眾有所冒犯，或是讓聽眾在報告結束時還是排斥你的觀點。你想要讓聽眾的觀點有所改變，可以提供他們一些新訊息，並以他們容易瞭解的方式提出說明。這種報告方式可能較適用於贊同型的聽眾；對於無知型、冷漠型及混合贊同型的聽眾可能可以發揮一點功效；但對於敵對型或是混合敵對型的聽眾就不是一項好的選擇。（參閱表5-1）。

提案式報告例示：

提案：說明你的提議——「我建議公司將電腦系統改為個人電腦，並使用視窗軟體作業環境」。建議原因如下：

- ◆有更多的業務軟體可以使用。
- ◆我們可以藉此提供較好的服務。
- ◆因為我們的客戶所使用的是個人電腦，藉此我們更易於與他們交流。

表5-1 報告規劃工作單

報告類型： 說明性的報告

設計方式：提案方式

中心主題： （務必考慮報告目的、聽眾特性及事前準備事項）

提議：

證明資料：

開場白	
標語：	可靠的資料來源： （選擇性項目）
聽眾們想從報告中獲得什麼： （選擇性項目）	預示報告內容： （選擇性項目）

結論
複述內容重點：
加深印象的語句／行動的呼籲：

解決問題的方式

解決問題的報告方式是由報告者先陳述問題所在，然後以他的觀點再提出解決方案。聽眾首先必須要認同於問題的存在，並且認為這樣的問題需要解決。在問題解決之前，必須經歷此一問題的確認步驟，因為我們無法去解決一個根本就不存在的問題。若是所涉及的問題頗為複雜，你務必要多花點時間將問題的細節弄清楚，在你能夠清楚地說明問題之後，提出自己的解決方案，其中必須包含三至五個說明重點，並提出輔助說明資料，複述你的重點內容並提出令人印象深刻的結論。這類型的報告方式所適用的聽眾類型與提案式的報告相同。（參閱表5-2）。

解決問題式的報告例示：

所提問題：我們公司無法取得所需的軟體來製作重要的業務報告，因為我們所使用的麥金塔電腦系統無法提供這類軟體。這會增加業務人員的紙上作業，造成他們時間上的耗費；我還認為這個問題會耗費公司大量的成本。

你的解決方案：將公司的麥金塔電腦系統轉換為個人電腦系統。你們公司就可以購買所需

表5-2 報告規劃工作單

報告類型： 說明性的報告

設計方式：提案方式

中心主題：
（務必考慮報告目的、聽眾特性及事前準備事項）

提議：

證明資料：

開場白	
標語：	可靠的資料來源： （選擇性項目）
聽眾們想從報告中獲得什麼： （選擇性項目）	預示報告內容： （選擇性項目）

結論
複述內容重點：
加深印象的語句／行動的呼籲：

軟體，節省業務人員花費在報告上的人工作業時間。雖然他們在學習新系統時需要一段調適期，但訓練時間通常只需要兩天。當業務人員可以節省文書作業的時間，即可多花時間在銷貨上；因此，使用新的個人電腦系統所花費的成本即可在銷售額的增加方面獲得補償（預計銷售額增加35%）。這個新系統可以讓業務人員擁有較多的時間與客戶接洽並增進他們的銷貨力，使公司的銷售額增加，並使銷售人員的表現更令人滿意。我已針對今天的議程——新電腦系統的運作進行過成本分析，並附上分析資料。如果我們能夠在這一季以前將公司電腦系統轉換成個人電腦，就有可能增加四十萬元以上的銷售額，而這只要花費我們五萬元的成本。

反應的方式

採用這種方式，你必須在報告開始時提出問題所在，並證實問題的存在，與解決問題式的報告在開始時所採取的方法相同。證實問題確實存在，然後再建立評估選擇解決方案的標準，說明你所提出的解決方案，其中包含各個解決方案所能提供的助益，然後證明你所擁護的解決方案是其中唯一可行的方案，而淘汰掉其他的方案。參閱表5-3。這種反應式報告方法的風險在於聽眾可能不清楚你所支持的是那一個解決方案。如果你在報告中沒有強烈地表明自己的意念，也就無法說服他們你所擁護者為最佳的解決方案。

表5-3 報告規劃工作單

報告類型： 說明性的報告

設計方式：反應的方式

中心主題： （務必考慮報告目的、聽眾特性及事前準備事項）

提議：

選擇可行方案的評估標準：

可行方案 正面評論： 負面評論：	可行方案 正面評論： 負面評論：	可行方案 正面評論： 負面評論：

開場白	
標語：	可靠的資料來源（選擇性項目）
聽眾們想從報告中獲得什麼（選擇性項目）	預示報告內容（選擇性項目）

結論
複述內容重點：
加深印象的語句／行動的呼籲：

所以在報告之中不要有所遺漏，確定你已將其他的可行方案否決掉，而剩下來的則是你所提出的最佳解決方案。對於喜歡分析細節的聽眾，這不失為一個最佳方法；但對於贊同型、無知型及冷漠型的聽眾，若是他們並不是那麼地講究細節，可能會稍嫌過火；對於敵對型及混合敵對型的聽眾倒不失為一最佳的報告方式。

反映式的報告例示：

提出問題：每一位業務人員（共十位）每一星期差不多花十小時的時間準備業務報告，在每週所累計的這一百小時中，銷售額沒有增加，也沒有開發新的客源。如果這些業務人員能夠使用Windows NT系統，這個軟體可以使他們每人每週耗費在文書作業上的時間降為二小時，其他的八小時就可以為公司增加收入。

選擇方案：

1.雇用一位新人為所有的業務人員處理這些人工的業務報告。這個方案可以讓所有業務人員免於處理這些文書作業，但卻需要新增一個人力的費用，而這個人並不能產生任何收入，還得支付他的薪資與福利。而業務人員還是得花時間將業務訊息傳遞給這個人。

2.購買新的麥金塔軟體，他雖然不如Windows NT那麼好用，但或許可以節省業務人員25%的文書作業時間。這種新軟體價格昂貴，而且短時間內在使用上可能會發生困難。此方案依然無法為業務人員節省多少時間，只是會比現在的情況好一些罷了。

3.為我們的業務人員購進個人電腦及Windows NT就可以讓他們將所有的人工作業拋開。將公司現有的麥金塔電腦賣掉，換進新的電腦設備，可以支付部分的新設備費用。而業務人員所增加的銷售額在三個月內就可以將新設備的費用涵蓋，這些業務人員不但會更為快樂，還可為公司創造更大的生產力及遠超乎成本以外的利潤。

連續激勵方式

這是在銷售業務上最常使用的方法。此類報告方式能促使你的聽眾有所行動。通常報告者會將聽眾引領到行動的邊緣，再提供他們行動的依據。在其他的報告方式中，你必須在報告中呼籲聽眾們有所行動，而這類連續激勵的報告方式則是去創造聽眾的需要，要不就是讓聽眾意識到自己存在的需要，然後再提供他們可以滿足這些需要的手段。在此，你可以自己決定是否要以提供解決方案作為訴求。（參照表5-4）。

表5-4 報告規劃工作單

報告類型： 說明性的報告

設計方式：提案方式

中心主題： （務必考慮報告目的、聽眾特性及事前準備事項）

提議：

證明資料：

開場白	
標語：	可靠的資料來源： （選擇性項目）
聽眾們想從報告中獲得什麼： （選擇性項目）	預示報告內容： （選擇性項目）

結論
複述內容重點：
加深印象的語句／行動的呼籲：

連續激勵式報告例示：

引起注意：由於你不善於自我表達，而導致你的職涯發展受阻嗎？

需求：為了成為有能力的銷售員，你必須成為一個有能力的報告者，研究資料顯示……。

滿意度：若是你參加白朗蒂溝通股份有限公司的研討會，你必須學會：

◆將你的想法組織起來。

◆認清你的聽眾。

◆控制你的臨場恐懼感。

◆移動並使用視覺輔助教具。

◆從容地掌握問題。

假想結果：用這些技巧，你就可以與你的聽眾更為融合，並且向他們推銷你的論點。假想自己是地區的業務經理……。

行動的訴求：白朗蒂溝通股份有限公司，歡迎來電1-800-726-7936。現在就開始行動吧！

在你的職業生涯發展過程中，懂得如何具說服力地對聽眾報告是非常重要的，對其他的生活領域也將有所助益。能夠影響他人信念並激起對方有所改變的能力是一種十分重要的工具，應該要小心選擇使用。

技巧演練

選擇說服性報告的其中一種方式，設計一個五分鐘的報告，並將你的練習過程錄下來。如果你不能確定自己的報告是否具有說服力，可以要求某人來聽你的報告。選擇說服性報告的另一種方式，再設計一個五分鐘的報告，並再次將練習過程錄下來。對你自己的演練結果提出批評，並進行必要的修正。

說服性報告的四種模式

1. 提案的方式

▼提出標語。

▼說明提案。

▼證實——使用邏輯性與情感上的訴求。

（續前頁）

▼複述報告要點。

▼令人印象深刻的結語——要求你所想要的；提出結論。

2.解決問題的方式

▼提出標語。

▼提出問題——務必證實問題的確存在。這是報告中的一個重要部分。若是聽眾們不能認同你所提出的問題，也就不需要提出解決問題的方案。

▼提出解決方案。

▼複述報告要點。

▼令人印象深刻的話語——要求你所想要的；提出結論。

3.反應的方式

▼提出標語。

▼提出問題——決定評估可行方案的標準。

▼可行方案。

▼可行方案。

▼可行方案——最後提出的一個可行方案。

▼以評估標準為依據，評估所有的可行方案。務必清楚地說明你所支持的可行方案是解決問題的最佳途徑。

（續前頁）

▼複述報告要點。

▼令人印象深刻的話語——要求你所想要的；提出結論。

4. 連續激勵的方式

▼引起注意。

▼引發需求——引起聽眾需求的計畫。

▼滿意度——說明你的計畫如何能夠滿足客戶的需求。

▼假想結果——描繪出你的計畫可能為聽眾帶來的利益。

▼行動的訴求——儘可能取得聽眾的承諾。

展覽攤位中的說服性報告

你在展覽攤位中所遇到的聽眾與其他場合中的聽眾是極為不同的。他們並不是為了聽取你的報告而接受邀請的聽眾，而是必須要以科技上的新奇招術、免費贈品、提供食物及其他吸引人的事物來吸引的潛在聽眾，你還必須與其他的展覽攤位相互競爭。當人們在你的攤位上駐足時，你應該要馬上決定要如何與對方互動。除非你能夠立刻引起他們的興趣，否則他們可能不會給你太多的時間。在第十四章中，你將會學習到一些使聽眾融入報告的技巧，這些技巧可以進一步地協助你在展覽攤位中進行有效的說服性報告。

在展覽攤位中欲進行一個有效的說服性報告，可以使用有四種基本要素：獨創性、單純性、持續性及互動性。

獨創性

讓聽眾在你的攤位上駐足。他們停駐在你攤位的原因可能是因為你有一項產品或技術是他們所需要的，但是各個角落的競爭對手正送出免費的贈品，而你們卻沒有這項行銷規劃。這時你需要攫取聽眾的注意力，你必須為聽眾帶來獨特的創意，讓他感到驚奇，使他們嚇一大跳。現在你就要去吸引他們的注意，讓你的報告能夠充滿戲劇效果並對他們造成震撼。

單純性

報告者應將報告內容單純化，過多的訊息將會使聽眾流失。報告內容必須清晰簡潔。研究資料顯示展覽會場中的聽眾遊走於會場的時間平均大約為七小時，所以你沒有任何的時間可以浪費。若是你的報告過於冗長，將會使到你攤位來的聽眾覺得氣憤，而在你的報告一結束，他們就會馬上離開你的攤位，至於是否還會再回到你的攤位來，那就有待質疑了。

持續性

大多數人能夠集中注意力的時間只有九十秒的時間，而聽過的訊息在不到六十秒的時間之內就至少忘了一半。因此，現在就把想要傳遞的訊息告訴聽眾，然後一遍遍地反複告訴他們。務必要持續且明確。如果你沒有多少時間可以向他們說，採用利益導向的報告方式可以得到最好的效果。

互動性

互動性有助於聽眾對你的報告的記憶。由於沒有多少時間可以向聽眾說明你的報告重點，所以你可以借助一些工具來傳遞這些訊息，並可加深聽眾的印象——你可以運用互動性的裝置，讓你的產品或技術可以吸引住攤位外聽眾們的目光。運用互動性裝置所傳遞的訊息務必要貼切並與公司有所關聯，且儘可能讓內容趣味橫生。

關於展覽攤位的幾項建議

▼在你尚未開始報告前，先與你的聽眾聊聊。這有助於氣氛的緩和，讓報告者能多知道一些聽眾的背景資料。

▼工作人員應如團隊般地相互配合。選擇一位領導人，讓所有成員都認同他是報告中的主導人員。團隊中有人可能是協調者的角色，負責發掘潛在客戶、取得名片或傳遞表格；有人可能負責回答問題；有人則負責分發資料與接待客人。

▼在你開始報告之前，不要忘記「你的報告可以提供聽眾什麼」這項報告重點。若是你無法讓聽眾感覺到選擇你的攤位會比其他攤位更有利益，你的攤位不久終將門可羅雀。

▼不斷地練習。多下功夫進行充分的準備與練習，可以使你的攤位及所有的報告人員在眾多的競爭者之中顯得非常突出。

▼說出你的報告目的。

▼聽眾對你個人及你的報告目的有什麼樣的感覺？

▼什麼樣的情感與心理訴求可以讓聽眾受到感動？

▼那一種邏輯性的情報資料可以影響聽眾？

▼聽眾對於新觀念是否抱持著開放的態度？

▼聽眾在你的報告中可以獲得什麼？

6

娛樂性與特殊場合的報告

在特殊場所中的發言與進行一個告知性的報告或說服性的報告不太相同。這類報告的目的在於鼓舞人心，所以選擇適當的言詞並讓聽眾感覺到真誠是非常重要的。生動的語句有助於將你當時在那個場合中的想法表達出來。你的言詞將會喚起聽眾的情感，並將他們的思維集中在所表揚與緬懷的事物上。如果你只是將些發言內容平淡地唸出來，聽眾將無法感受到你的真誠。所以你必須全然地瞭解你的介紹內容與重點所在。

在這類的演說中，報告內容的規劃技巧並不是那麼地重要。因為聽眾對你報告的內容所應涵蓋的部分已經有很明確的期待，例如：你要對一個在公司服務滿二十五年即將退休的人員致詞，聽眾們所期望聽到的一定是一些榮耀的讚詞，或是一、兩個關於此人的有趣軼聞，或者也有可能是此人未來的計畫。若是你要在一個戶外的烤肉餐會上發言，你可能會講些主人的玩笑故事。當然，發言的內容不但要充滿趣味，也要講求品味。

很多演說家認為任何一種演說都應該以一個笑話來作為開場。但是，除非你是一位專業的演說家或是喜劇演員，或是你可以確定聽眾們能夠欣賞你的幽默，要不就是你講的笑話確實妙趣橫生——否則，若是你被要求在一個特殊場合中發言時，還是不要輕易地講笑話。這並表示你不能夠運用你的幽默感，只是將笑話留待專業人士會比較妥當。

當你被要求在特殊場合中發言時，可能是在頒發證書的時候致詞，可能是在餐宴中致詞，可能是在典禮中致詞；或是致歡迎詞，或是致歡送詞，甚或是致頌詞。而對一個發言人而言，瞭解聽眾們對你發言內容的期望，並能夠配合他們的期望來發言是非常重要的。

歡迎詞

歡迎詞乃用來歡迎新成員加入公司或組織，或是歡迎新的團體參與一項活動。他的內容通常都很簡單，在某活動或場合開始時使用。這類演說可以為接下來的活動內容奠下氣氛，並讓聽眾瞭解到整個活動的概要。而致歡迎詞的人需要將歡迎主體的價值與受歡迎者的價值融合在一起，這也是聽眾們對歡迎詞的期待。

範例：

諸位同事、家人及友人們，早安！我和董事會在此歡迎你們成為我們第一年度的新人及成為我們家族的一員。今天可以藉此機會讓我們彼此認識對方，而加入這個家族活動的目的，則在於讓大家能夠更進一步地達成公司目標。

歡迎詞也可以用在一些場合的開場時刻，例如：婚宴、頒獎酒宴及晚宴中，他們可以給聽眾帶來強烈的震撼。活動主辦人、主持人或贊助人可藉機自我介紹，並介紹整個活動的性質及帶動會場氣氛。致歡迎詞是一個讓別人認識你的機會。如果你在主管的週年晚宴上，為他呈上一段精彩的歡迎詞，在往後更重要的報告之中，你可能都會受到邀約。

介紹詞

一段精彩的介紹詞能夠引發聽眾對你的熱望，並讓聽眾對於他們所要碰面的這個人有一些概略的瞭解。對於報告者的介紹詞，其中所涵蓋的訊息必須要準確，並且能讓聽眾印象深刻。一段好的介紹詞可以引起聽眾對這位即將上台報告者的熱望與期盼，而聽眾因此對於他所要報告的內容將會更容易接受。

範例：

瑪喬麗．白朗蒂有一個秘密。這個秘密使她脫離了大學教授的平靜生活，而走入幾個國際最為知名機構的演說台上。瑪喬麗．白朗蒂知道運用個人行銷的秘密，並藉此來改變自己的生活。現在，她即將要與你們一起分享這個秘密，從今而後，你們也可以同樣地改變自己的生活。

若在介紹詞中含有對被介紹者或其報告內容貶損的詞句，這類介紹詞可能會將整個活動破壞掉。所以介紹詞必須小心運用，不要有容易誤導、無用的、不確定性的或不真實的訊息涵蓋其中。最後，你必須弄清楚所要介紹者的姓名是否無誤；當你無法確定時，在上台向聽眾作介紹之前一定要先問他本人。若你是被介紹的人，最好的方法是自己將介紹詞寫下來，並事先交給介紹人。但務必在活動當天多帶一份備份。

得獎感言

你剛榮獲公司的年度最佳員工獎，而在表揚你的午餐會中，你必須發表感言。這並不是奧斯卡頒獎，所以你不用表現得太戲劇化，但必須讓聽眾充分地感受到你的真誠與謝意。感謝那些頒獎給你的人及在旁激勵你或協助你的人，其中包含你的家人。一段懇切真摯的得獎感言將使得聽眾印象深刻，而你將可以讓他們看到你光明燦爛的一面。在商業圈、政治圈及娛樂圈得獎感言是經常可以聽到的。

範例：

我在白朗蒂溝通股份有限公司感覺到自己成長了不少。對我而言，這是一段很美好的經驗。現在你們表揚我為「年度最佳員工」——而我也想要褒揚你們。有機會成為白朗蒂公司的一員，使我在職涯當中學習到一些很重要的事物——把握機會成長、體認忠誠的意義、發展技能及讓別人欣賞你。在此我要向我的同事們及那些表揚我的人致上我的感謝之意。

就職演說

就職演說通常是任職於組織中或政府機構中的主管職位才會運用得上。這樣的演說亦包含即將就任俱樂部主管或公司總裁的到任演說。這類演說的目的乃在於重中你所要管理的組織價值，並陳述你在新的主管職位上所要達成的目標。

必須牢記在心的事項：

記得褒揚前任主管的成就，並在不過於吹噓的狀況下，強調自己的成就。其中包含你將帶領這個組織團隊朝往那一個方向前進，並讓每一個人認同於你所帶領的這個團隊。

頌詞

當你被要求表揚某位與你共事過的人時（或你曾經為他工作過的人時），你的言論務必要簡短而且得體。雖然你和吉姆在下班之後，在街角的俱樂部中共度過許多美好的時光，但這都不適合在表揚的時候說出來。對於他的家人必須懷著尊敬之意，並且記得你的主管可能就在一旁聽著你的頌詞（同時也在評估你）。

範例：

吉姆和我在過去的十五年間一直都與我同心協力地為廣場電腦公司工作。他是一位體貼的同事，同時也是一位好朋友。我將會懷念與他一起分享創意及跟著他學習的那一段時光……。

主持人

主持人即為帶領活動的人。這些活動可能是公司晚宴、退休餐宴、戶外烤肉活動、慶生會甚或是各類代表團的訪問活動（學生、政壇人士、外國訪客……等）。主持人的責任在於導引著整個活動的流暢運行。他們必須確保每件事情都很流暢地運作，並且都依循著進度。他們也扮演著典禮中主人的角色或是調節者的角色。主持人必須負責活動的開場，並引領與會成員們用餐，介紹其他的發言人，並在最後結束整個活動。若是有獎項要頒發時，主持人通常也扮演頒獎人的角色，或負責介紹頒獎人；活動當中若排有問答時段，主持人亦必須扮演著推動者的角色。

主持人在事前就應與所有的發言人進行溝通，訂定明確的活動程序及每個人的發言時間。若是活動在中途有所拖延，主持人應有技巧地提醒發言人已經超過預定時間。至於在活動進行當中，是否要避免臨時要求那些事先沒有準備的人上台發言，這就取決於主持人自己的判斷。這種情形經常會發生在一些典禮之中，那些臨時被表揚的人通常都會感到驚訝並且沒有準備要發言。

新生訓練

這個活動在大公司中通常是由人力資源部門所安排。身為活動的成員之一，你可能必須面對著一群新進員工或受訓者發言。在事前你必須先取得一些特定資訊，例如：他們想在你的報告中取得什麼訊息；還有那些人要發言，這些人會談論些什麼；整個活動需要多久時間。你所能呈現給新進人員的是你所專精的訊息，至於他們或許想知道公司的整體運作情形，你就無法提供他們如此完整的資料。藉此活動，你可以使這些新進人員對你個人及你的部門產生良好的印象，但因為你可能只是許多報告者中的其中一名，所以務必要遵守時間上的限制。若是你沒有足夠的時間可以回答問題，你可以提出其他較方便的時間，請那些想要詢問其他問題的新進人員再與你聯絡。如果你想要介紹所屬的部門，可以詢問部門中的其他同事，看看是否有什麼訊息遺漏掉，而未涵蓋在部門的介紹當中。

告別演說

這類演說在現今是很普遍的，人們在轉換工作時就經常會碰到。若是你個人要發表離職時的感言，你應該提及那些與公司同事共享的難忘經驗，並說明那些經驗不但帶給你許多的成長，並且帶給你生活上許多的愉悅。趁此時機，你也可以感謝那些在工作上對你多方指導的人員。若你是為了某人的離職而發言，則應該表彰他對公司的貢獻。

故事與軼聞的運用

身為實業家的你在特殊場合中被要求發言時，縱使你不是娛樂圈人，你也可以說說故事或自己的一些軼聞，自然地表現出你的幽默感。你可以將發生在你自己身上的趣事或是你曾聽過的故事，其中覺得較適合與聽眾分享的部分收集起來以備不時之需。述說自己的故事可以讓你更易於與聽眾建立親密的關係，若你願意讓聽眾來分享這些關於你自己的故事，你的同事或部屬們就能夠看到你與平日不同的一面。若是這些故事與工作相關，而你們又都在同一個公司上班或屬於同行，藉著這些故事的分享，你和聽眾之間將會產生很親切的感覺。然而，你的故事並不一定要與工作有所關聯，你也可以使用一些個人生活中的幽默趣聞，例如：

- 你的旅遊經驗。
- 你的家人。
- 你的童年。
- 你的工作經歷。
- 你的興趣。
- 你的朋友。
- 你的糗事。
- 你的恐懼。

藉著與聽眾一起分享你個人的故事，很快地，你就可以和他們建立關係。這使得聽眾更容易接受你接下來所要報告的內容。但你必須注意的是：若你在一個特殊場合中發言時的內容是屬於負面的訊息，例如：發佈公司裁員的消息或股價下滑的消息等，這時就不適合以幽默的軼聞來作為你的開場。

運用幽默感前的注意事項

▼若是講笑話讓你覺得很不自在，就先不要強迫自己表現出幽默感，直到覺得可以很自在地將笑話講出來時，再好好地發揮你的幽默感。你應該不斷地練習至少三到六次，如果你仍然覺得不自在，也就不必一定要在報告時表現幽默了。

▼如果你不擅於講長篇的故事，講講簡短的妙語就好了。

▼若是你不確定所要講的笑話是否有趣，就先找你的朋友、配偶或同事試試；若你還是不能確定他的效果，就乾脆不要講了。

▼講笑話時要讓你的聽眾有驚奇的感覺，不要在笑話才開始要講時就告訴聽眾「我有一個有趣的故事想在此與你們分享」。若是能讓觀眾在乍聽之下覺得新鮮，效果應該會更好。

▼如果在笑話講完之後無人發笑，你應該試著講些別的事情來打破沈默，例如：「若說還有什麼趣事的話，那就屬上次我去找律師這件事了」。

▼講笑話時自己不要笑得太兇——在發揮自己的幽默時，表現得很熱切並沒有什麼大礙，但若是你自己笑得太兇則會顯得品味較低。

發揮幽默感

如果你能夠遵循上列的注意事項，就可以很成功地運用你的幽默感。首先，講笑話時要注意場合的合適性。只要每個人都能夠聽懂，公司的內部笑話可以說是非常有趣的。所以，當你要表現你的幽默感時，必須小心地進行，你應該確定所要講的笑話與公司有很明顯的關聯，而且每個聽眾都明瞭，並且不會冒犯到他人。在一個人們幾乎彼此互不認識的屋中，若是你的幽默感使用得當，他會是很好的氣氛調節劑，可以使陌生人成為朋友，冷漠者變得溫和。講講有關自己的故事則是最安全的方式，每個人都樂於聽到發生在別人身上的趣事——由你說出發生在自己身上的笑話，而又能夠以高品味的方式述說。如果你決定在報告之中運用你的幽默感，這裡有六項指標可以協助你：

1. 適可而止。一個好的故事若是說者不懂得適可而止，它也就不會再是一個好的故事，而且你還會喪失掉聽眾對你的信心。

2. 確定你所提起的趣事與報告內容有所關聯，而且合宜。當你的聽眾群中有不能生育的夫妻時，不要提到你小孩的一些成就。

3.良好的時間安排。你必須花時間練習你的笑話；先找一些人試試你的笑話效果，然後觀察他們的反應，如果效果並不是很好，就修正內容或放棄使用。不斷地練習，直到你能夠很自在地運用這些笑話。

4.避免刻薄傷人。你可能認為肥胖的笑話很有趣，但你的聽眾當中或許有人正面臨著體重上的問題，或是有人對於肥胖者感到同情。

5.避免使用低俗的語言。縱使滿屋子的聽眾都不是屬於上階層的人士，低俗的語言也不適合在此使用。

6.同樣的幽默並非在每一個地方都適用。事實上，縱使是在美國本土之內，幽默還是有其地理上的差異性。紐約的笑話對曼菲斯的居民而言，就不一定覺得有趣。所以你隨時都要以聽眾為考量的重點。

你務必要記得一點，當你第一次聽到一些幽默的趣聞或只是想到時，或許你會感到很容易，但你卻可能如同忘記其他事情一般，在後來要使用的時候，卻忘記了故事的內容。因此，當你聽到這些趣聞或想到這些趣聞時，應該馬上將內容寫下來，以避免事後的懊惱。而當你在準備報告的時候，身邊就有許多的資料可以隨時運用。

技巧演練

為了迎接公司的潛在客戶，準備一段五分鐘的歡迎詞，並使用一些故事或趣聞來告訴他們，與你們公司交易會得到那些潛在利益。

7 團隊式的報告

在你的職業生涯發展過程中，很多的發言機會可能會與其他的發言者有所關聯。這種情形可能是發生在小組討論、座談會、公開討論會、新業務發表會、更換契約時；或是一般的會議及其他小組型態的討論時。為了發揮功效，團隊式的報告必須要很仔細地規劃及執行；就如同芭蕾舞劇一般，劇中的每一位舞者必須要很明確地知道自己的位置，何時要移動及何時要離開舞台。

這類報告通常都關係重大，例如：許多廣告代理商的工作團隊，他們的經驗與活動能力或許都不相上下，當每一團隊彼此爭奪著數百萬的廣告合約時，是什麼原因使其中一個團隊突顯出來呢？原因就在於報告時所展現的活力。若是團隊報告運作得很流暢，成員之間的報告都能夠相互銜接，而每一位報告者也都能夠表現出個人的專業素養及靈敏度。聽眾將會對他們的自信與能力產生深刻的印象。但是團隊式的報告較容易發生一些特定的問題。因為通常的決策都是由團隊所有成員合力訂定，這就很容易造成混亂與爭議。因此，在團隊的報告中必須要有一位強勢的領導人，這位領導人必須指引成員們進行報告並居間協調，以確定每位成員的報告皆已適當地涵蓋各自所負責的部分，而且彼此之間不會發生內容重疊的現象。

成功的團隊報告的六個步驟

1.選擇適當的領導人

通常在團隊之中最為資深的成員都會順理成章地成為領導人。但若是這個人還有許多其他的案子要負責，或是有太多的日常事務要擔負，因而不能花太多時間與成員們進行必要的協調作業時，這樣的人選就不是很恰當。團隊領導人必須是對報告主題或客戶最瞭解的人，並且受到所有成員的尊重；而且必須是一個客觀的人，才能夠給成員們一些公正的評論。

2.找出報告的重點

然而每一位成員皆須瞭解自己的貢獻對一個成功的報告而言都是舉足輕重的；團隊中每一位成員所負責的報告部分都是一樣的重要。

3.安排時間與成員們一起檢閱報告內容

團隊領導人必須針對成員們各自負責的部分與他們進行討論，以確定他們所準備的方向沒有發生偏差。其間還必須召開小組會議，讓所有成員瞭解彼此之間的進度。

4.剖析聽眾

團隊報告的對象通常也是一個團隊。對方的團隊成員可能是來自組織中的不同階層、不同部門，並且各自負有不同的使命。報告團隊應該要弄楚這些聽眾的身分、他們所具備的知識程度及他們所感興趣的部分。

（續前頁）

5.注意細節

如果你是團隊的領導人，你必須要注意每一細節，如會議室的安排、設備的使用、視覺輔助教具及講義。團隊報告中的每一件事都必須在報告的前一天事先協調妥當並且仔細地檢視。可能的話，還應該安排所有成員在所預訂的會議室中進行事前的演練。

6.團隊成員必須彼此互相尊重

團隊是否具有活力，聽眾們很容易看得出來。在一個團隊中，若是成員們互動良好，並能夠彼此尊重各人所負責的報告內容，而且每個成員都能相處愉悅，這樣的團隊將佔有極大的優勢。如果你的團隊是由不同部門的人員所組成，而他們彼此也都不曾有機會認識對方，這時你應該安排一個中午或晚上的餐聚，讓他們有機會互相認識；他們彼此相處得越融洽，在報告的進行當中也就能夠更加地放鬆而有最好的表現。

如果你是團隊領導人

如果你是團隊領導人，你必須負責很多的規劃工作與細節工作。團隊中的其他成員都會仰賴著你，希望你能提供他們一些指引並且認同於他們的報告內容。為了確保團隊報告的最佳效果，你的工作必須包含下列各項：

導入主管人員的觀念與策略

在你的工作團隊開始運作前，你可以決定是否要與公司的主要主管先開個會。這可以防患主管階層後來不認同你們所準備的方向時，團隊成員必須重新再來一次的風險。主管階層的支持對於團隊成員是很重要的，因為這將會是一項鼓勵。

剖析聽眾

身為團隊的領導人，你必須蒐集聽眾的資料。若是團隊中的某一位成員與對方有過較多的接觸，你可以指派此人負責準備聽眾的分析資料；這些資料當中應該包含對方主要參與人員及決策人員的資料。

訂定團隊策略

你已與主管階層研商過，並已擬出了團隊報告的策略。你可以決定是否要與團隊成員碰個面，以確定他們每一個人對策略都能夠認同。對於報告所涉及的領域較不熟悉的成員，你也可以決定是否要給這些成員有關聽眾們的詳細資料或是團隊的行銷策略。

指派議題

如果你已選好團隊的成員並已通知他們，身為領導人的你，應該要儘快把各類不同的議題分派給每一位成員。在一個有創造力的報告團隊之中，每一個成員應該都很清楚如何進行自己所負責的工作；但是，領導人依然可以自己決定是否要向每一位成員說明如何進行這件事。

安排時程

你應該安排時間與每一位成員進行討論，並安排報告全程的演練時間。這可以使每一位成員都有機會熟悉其他成員的工作部分，也可以瞭解到報告整體的相互搭配情形。

強勢的領導與指示

團隊中的每一位成員都仰賴著你，所以你必須確定所有的事情皆依照著計畫進行。一切事物是否依循著原來計畫中的時程、預算或目標，全都操之在你。領導無方將會導致時間的延誤、經常性的工作重複及不愉悅的團隊氣氛，而這將使得報告的成果不佳。

如果你是討論小組中的主持人

1. 你必須負責介紹所要討論的主題，並介紹每一位發言人。事前應該決定，是持人介紹每一位發言人的資歷，或由每一位發言人自己作一個簡單的自我介紹。
2. 主持人必須開啟或結束每一個討論單元，並且負責掌控時間，平均地將時間分配給每一位發言人。主持人應該控制每一位發言人的議論時間，在時間即將用罄之時，適時地提醒他們；若是發言人已經超過了指定的時間，這時候你可以決定是否要制止他們繼續發言。
3. 在不同的討論單元之間，主持人扮演著橋樑的角色，他可以在每一位發言人報告完畢之後，提出自己的評論；若沒有適當的評論提出時，就只要將討論主題帶入另一個單元即可。
4. 主持人需要開啟問答單元、解釋問題並且指定與會者回答問題；在問答單元的最後階段，主持人還要負責結束所有的討論並作總結。

成功的會議

在職業生涯的發展過程中，許多的口頭報告都是在會議之中進行。一個總裁平均要花費50％以上的時間在開會上。而這樣的時間花費是否有效用頗令人質疑。若是你即將安排一個會議，首要之務就是界定會議的目的，並且評估會議的方式是否是說明問題的最佳方法。務必要弄清楚會議的目的為何？

◆為了要解決問題。
◆為了要分享資訊。
◆為了要規劃策略。
◆為了要集中資訊。
◆為了要提出指示。
◆為了要展示某人的能力。
◆為了要腦力激盪，提供創意。
◆為了要檢視情報資料。

若是你在安排會議之前沒有弄清楚會議的目的，到達會場的與會人員通常會懷著排斥的心理，因為他們並不知道自己為何要來開會。所以，安排會議時候，必須先將說明會議目的的議程表或備忘錄分發給每一位與會者；這個方法是你事先可以採行的。當然若還有其他方法可以達到相同的目的，你也可以採行之。

在召開會議的時候，應該要求那些人與會？這要視你的開會目的而定。在大公司中，每一個單位可能都需要派代表參加；而在小公司中，可能只要決策者及其他一、兩位人員參加就夠了。在選擇與會者的過程中，必須要考慮到報告者的想法。若你並非會議的召集人，但卻是會議的發言人之一，你可能希望公司某人來聽取你的報告，因為他可能與你的報告內容會有直接的關係，或是你想讓這些人知道你的進展。你可以要求會議召集人邀請這些人與會，並向他說明邀請的原因。

成功的會議需要事前謹慎的規劃。當你在擬訂議程表時，應如何說明會議內容呢？你的議程表務必簡要並能夠表現出重點。你可以以提問題的方式來表達，並伴隨一段該問題的簡要陳述，以此方式來表現你的會議內容。若是你的議程當中只涵蓋一個主題，但是卻有不同的與會者會針對不同的議題提出報告，這時你可以使用會議目的作為你的會議標題，並將每一位與會者的報告議題、姓名、部門及職銜表現在你的議程表中。

（參閱表7-1）。

一個規劃良好的議程，可以讓整個會議進行得很流暢。因為每一位報告人員都已事先知道自己擁有時間的多寡，而主持人也能夠掌控進度。會議並不一定要由資深人員來主持。但是，如果你是會議主持人，而同時你的主管也是與會人員之一時，你必須決定要以什麼立場來介紹他們，並讓其他的與會人員清楚地瞭解到這個會議是由你所主持；否則其他與會人員可能會仰賴那些高階人員的指示，而最後你將發覺自己竟喪失了會議的掌控權。

在會議中，每一位報告者結束發言時，主持人應該要花一點時間概略地說明會議當時的進度，例如：「我們現在已經瞭解到更換目前電腦系統所會涉及的層面，因此讓我們接下來探討其他的選擇。」在會議的最後單元，主持人應花一點時間確認一下是否所有的與會人員皆已達成共識，例如：「我們的全體與會人員是不是都已經同意更換我們的電腦系統了？」讓與會人員在既定的時間內表達自己的想法並互相討論，若是還有很多反對與分歧的意見存在，主持人可能就得阻止他們繼續討論，並再另外安排會議時間，以避免進一步的爭論。

表7-1 簡單的議程表

1998年1月24日 上午10:00 - 中午12:00

更換公司電腦系統建議案

10:00	開場說明	M. REMEY 事務經理
10:10	目前電腦系統概觀	M. BRODY, 營運部門副總裁
10:30	更換目前電腦設備的可行性	L. ALFARO, 系統分析師
11:00	更換電腦系統的選擇方案	A. ABRAMS, 系統分析師
11:30	兩種選擇方案間的成本差異	A. FRIEMAN, 稽查人員
11:45	總結／建議	M.BRODY

有效會議的障礙

會議的進行中，通常會碰到兩種最常見的阻礙：一種是獨佔發言權的人，另一種則是不願意發言的人。碰上喜歡獨佔發言權的人時，可以採用下列方法：

◆中途提出問題來阻止他繼續發言，並讓其他人來回答這個問題。

◆不要指派他發言——避免和他目光接觸。

◆利用休息時間，私下和他溝通；或請他的主管或其他權威人士和他談一談。

碰上不願發言的人，則採用下列方法：

◆詢問一個他有能力回答的問題。

◆讚美他所作的貢獻。

◆走近他的座位，迫使他參與討論。

會議主持人若想要讓會議有效地進行，應該明確地界定不同單元的時間，並清楚每個與會人員的職責。遇到爭論發生時，主持人必須重申會議的目的並制止僵持不下的爭論。總之，主持人針對那些對會議的進行無所助益的事情，應該要出面制止。

結束會議

任何一個會議都有結束的時候，主持人需要負責將所有發言人的報告重點總結起來（在整個會議進行的過程中，你必須隨時作筆記，才有可能達到這一點），並且還要採取以下這些步驟，或提出一個行動的呼籲：

- ◆會議的目的。
- ◆總結報告重點。
- ◆指派接下來的工作。
- ◆提出下一次的會議時間。

8 有效運用視覺輔助教具

使用視覺輔助教具可以使人們的記憶能力增加大約40％。這表示，當你要進行一個口頭報告時，若是能夠適當運用視覺輔助教具，即可讓你的聽眾印象更為深刻。藉由視覺輔助教具，聽眾在聽到報告內容的同時，也可以看得到這些內容。這些輔助教具可以讓原本複雜的資訊，分成許多片段個別呈現，使聽眾更容易理解。而報告人員也可以因而受益，因為他可以讓報告人員自由移動上面的資訊，並且建立關聯性；他也可以提示你接下來應該說些什麼及應該在何時報告。因此，視覺輔助教具不僅有助於壓力的解除，亦有助於興趣的激發。

使用視覺輔助教具時，應該遵循下列四個基本步驟：

1. 在你開始報告時，應該留有充裕的時間讓聽眾看完螢幕上的資料。螢幕上的資料應力求簡要，以免聽眾一邊聽你的說明還得一邊看著螢幕上的內容。
2. 不要面對著螢幕進行你的報告，務必面對聽眾。站在視覺輔助教具的左側，以你的左手指著螢幕上的資料（指在句子的開頭處）。
3. 必須要有事前的演練。事前的演練可以讓你習慣於視覺輔助教具的使用。
4. 若是視覺輔助教具在中途出了問題，務必繼續你的報告。如果需要的話，將機器關掉，在沒有任何輔助器具的情況下，繼續你的報告。切記：那些視覺上的輔助器材是用來輔助聽眾的，並不是用來輔助身為報告人的你；所以，你必須要有心理準備，在沒有這些輔助器具的情形下，還是可以進行你的報告。

視覺輔助教具的類型

翻頁式圖版的時代並沒有完全結束——他們在小型的小組會議與口頭報告中仍然非常地有用。然而現代科技於傳統的模式上又新增了許多的視覺輔助教具。當你在選擇不同的視覺輔助教具時，可以多嘗試各種不同的類型，再決定最適合你使用的。在你的報告中，你可能會選擇一種以上的類型，例如：翻頁式圖版及投影機；或是幻燈機及錄影機。你可能會發現，你是依據以下變數來選擇你的視覺輔助教具類型：

◆報告內容的時間長短。
◆聽眾的多寡。
◆會議室的週邊設施。

◆可使用的設備。

◆你的報告類型。

不要因為太習慣於使用某種視覺輔助教具類型，就不願意嘗試其他的類型。縱使是相同的報告內容，而你已經進行過五十次；若是你能選擇另一種新類型的視覺輔助教具來進行，你的報告將會呈現出新的氣象。當你在練習口頭報告時，假想自己是以投影片為輔的在進行你的報告，然後再假想自己是以幻燈片為輔，或甚至完全由多媒體展示的方式來進行你的報告。運用你的想像力與想像技巧，然後嘗試一些新的視覺輔助教具。

翻頁式圖版

翻頁式圖版是裝設在架上的一張大紙，上方與架子固定在一起，下方則可翻開。當你寫滿一頁時，可以翻頁再重新開始另一個空白頁（現在是採用電子式的翻閱圖表：運用照像機將影像拍下來，然後再將影像印出來）。翻頁式圖版適合運用於小型及非正式的小組討論上。

你在報告時，可以同時寫下所講的內容；你也可以在會議之前就將重點寫在翻頁式圖版之上；在你報告的過程當中，你可以在上面增添內容。在你的報告結束時，翻頁式圖版的內容可能會顯得非常地凌亂，而且他也不能夠回到先前所講的內容上。

當你在翻頁式圖版上寫字時最好使用藍色筆或黑色筆，不要同時使用紅色筆及綠色筆，因為很多人患有這兩種顏色的色盲，若是你使用這兩種顏色，他們將無法區分重點。在你所寫的重點之間保留一點空間——依循 4-4 原則，即在翻頁式圖版上每一頁所寫的內容不要超過四行，每一行不要超過四個字，只寫在每頁上方四分之三的部分。有些報告者在報告之前會先以鉛筆很淡地寫下他們的重點，在報告進行當中，再將重點寫在上面。若是你在事先寫得非常淡，聽眾們可能根本不會注意到鉛筆寫下的內容。圖形與圖表也可以以這種方式先畫在上面。

當你使用翻頁式圖版來進行你的報告時，務必站在適當的位置上。如果你是右撇子，報告時你應該站在圖版的右側，當你要寫東西時，再輕移至圖版左方，剛好會在正確的位置上；若你是左撇子，就採取相反的方向。

務必記住三個T——接觸(touch)、轉身(turn)、說明(talk)。當你使用視覺輔助教具時，切記你是對著聽眾作報告，並非對著翻頁式圖版作報告。當你接觸到圖版上的報告重點之後，應該轉過身來面對聽眾，並與某位聽眾目光接觸，然後繼續說明你的報告內容。當你必須指著輔助教具上的重點時，應該用比較接近輔助教具的那隻手去接觸。

如果你的報告是在有軟牆的室內進行，你可以使用圖釘將已寫下的內容固定在牆上，讓聽眾可以看到你們剛才討論過的內容。若是需要的話，你還可以在上面添加資料。

使用翻頁式圖版的幾項建議

- ▶只有在小組討論中才使用翻頁式圖版。
- ▶使用翻頁式圖版之前，不要掀開上面的覆蓋物。
- ▶最好使用黑色或深藍色筆——其他顏色如紅色，宜作重點強調時使用。
- ▶每頁不要超過四行，每一行不要超過四個字。
- ▶字要寫大一點，讓教室後排的聽眾也可看得到。
- ▶事先可以用鉛筆輕輕地寫下摘要或畫上圖表。
- ▶報告時要站在正確的位置上。
- ▶切記三個T——接觸（touch）、轉身（turn）、說明（talk）。

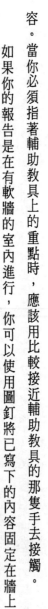

圖形與圖表

結構簡單的圖形與圖表可以讓聽眾更容易注意到重點，並且進行比較，或看出某一項與整體之間的關係。

圖形

◆使用線條圖較容易看出整體的趨勢，並且可以很快地看出每個單元的消長。

（參照**圖8-1a**）

◆輪廓圖在數據資料之下又加上陰影，可以更容易看出變化較大的部分。

（參照**圖8-1b**）

◆長條圖可讓聽眾看到每一數據的代表區塊，因此很快地就可以看出彼此間的異同。

（參照**圖8-1c**）

◆圖示圖針對同樣的資訊，並不是使用線條或條塊來表現，而是使用圖像來表現。

（參照**圖8-1d**）

圖8-1 圖表

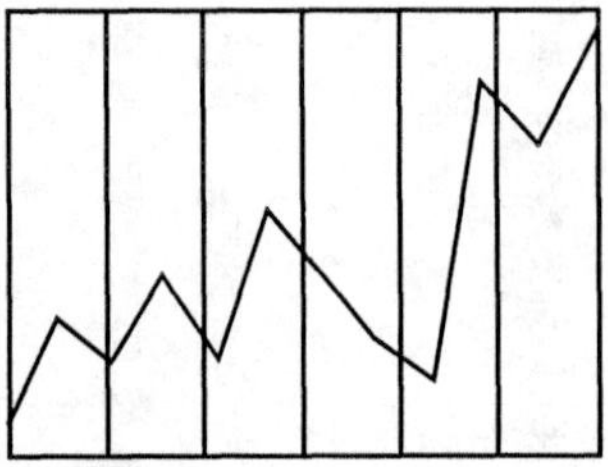
a.線條圖

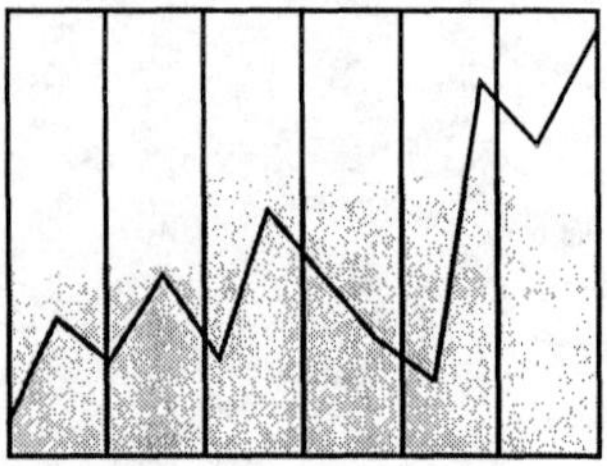
b.輪廓圖

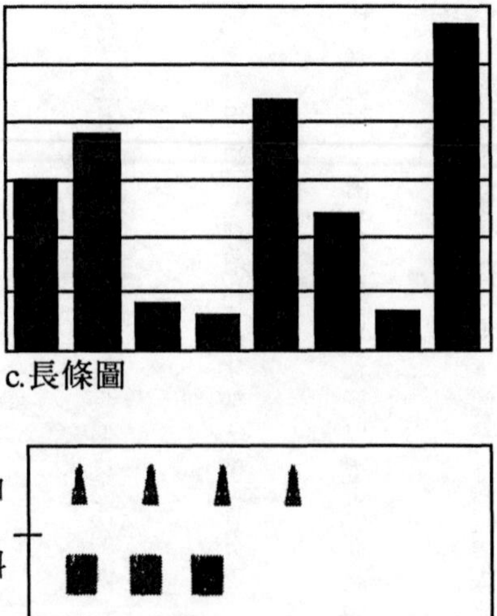
c.長條圖

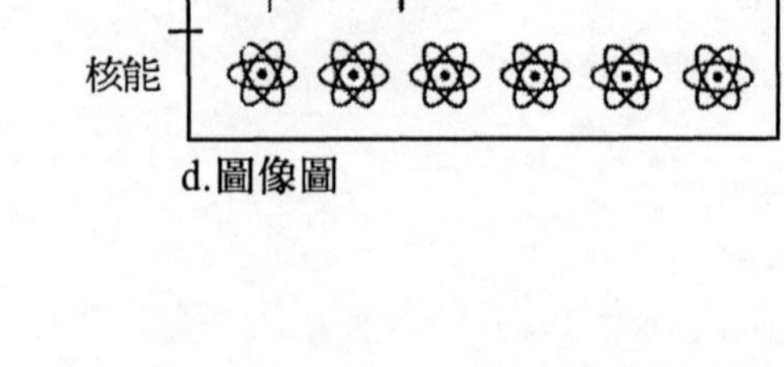

d.圖像圖

圖表

◆組織圖可以清楚地描繪出複雜的主題或順序；於群組間的關聯描述，在職權結構相互間關聯的描述上，他可以提供很大的幫助。（參照圖8-2a）聽眾經由這類圖表，可以很快地瞭解你的主題。

◆派圖可以表現出每一區塊彼此之間的關係，以及每一區塊與整體之間的關係。這是一種簡化所有細項資料的好方法。（參照圖8-2b）

◆流程圖是以一種易懂的模式來顯示一連串的程序或關聯性。（參照圖8-2c）

投影裝置

雖然我們現今身處於一個高科技的世界，然而投影機仍然是最常使用的視覺輔助器具；幾乎所有的會議室及聚會場合都會有一台，也有很多的報告人員自己擁有一台。有一些體積小、手提式的投影機很容易攜帶且價格也不昂貴。但很遺憾的是，很多報告人員所使用的投影機品質不佳，這對於報告內容不但沒有增強作用，反而降低了報告的效果。

圖8-2 圖表

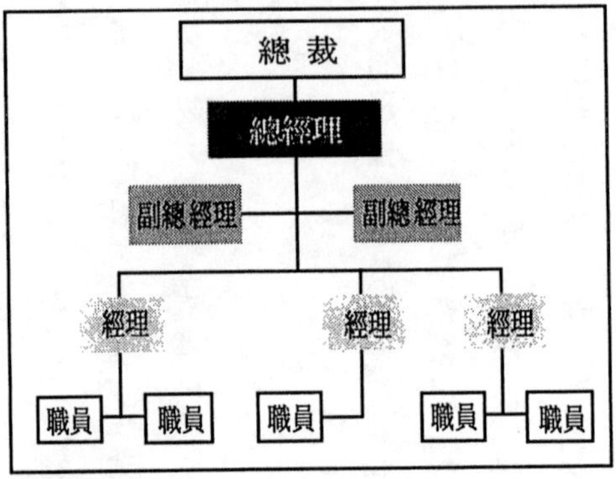

a.組織圖

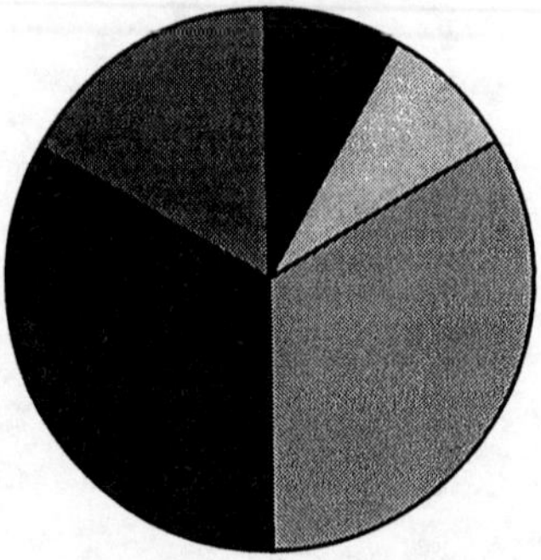

b.派圖

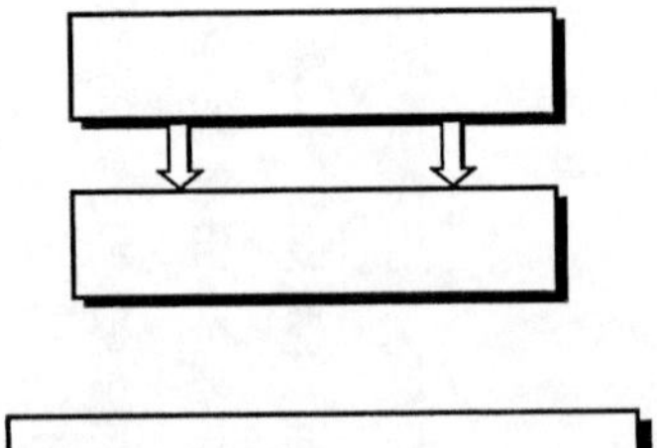

c.流程圖

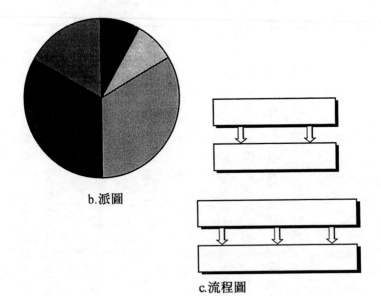

投影裝置需要以下的設備：一台投影機、投影片、奇異筆或油性鉛字筆及投影的地方。一次放一張投影片在投影機的玻璃上，燈泡的光會照射在投影片上，透鏡再將影像投射到銀幕或空白的牆上。在你報告之前，利用電腦或印表機將投影片先準備好，這可以使你的投影片看起來很專業。投影片的內容大小必須讓人多時的聽眾都看得到，並且適合於會議使用。

報告人員經常會過度依賴投影裝置。而將報告的全部內容都製作成投影片，使得聽眾不得不盯著銀幕看，而不是看著報告人員。投影機是報告人員在強調報告重點時所使用，並非用來取代整個報告；若是你已說明了內容，聽眾就不需要再看著銀幕了。

當你在製作投影片時，需要加以強調的地方應該以顏色來表示；使用易讀的字體，字的大小要適中；每一頁不要超過四行，而每一行則不要超過四個字；留下適當的邊界，並只要使用每一頁上方四分之三的部分。

保存套可以用來裝入投影片，他可以避免投影片黏在一起且可以用來保護投影片，也可以裝入檔案夾中。在你報告之前，應將投影片標上頁數並依順序排列；在報告的大綱中也要註明頁數。市面上還有一種稱為分隔套的產品，也是放置投影片之用，並且可以連同投影片直接放在投影機上；你可以調整分隔套的位置，讓投影片適當地投射於銀幕上。在報告的時候，每一張投影片藉由分隔套，皆可調整出最適當的位置，並且順序排列。

接觸、轉身、說明

當你在報告的時候，不要站在投影機旁，應站在銀幕旁邊，用左手或指示器指著銀幕；記得接觸銀幕後、轉身、然後向聽眾說明。在你沒有用指示器的時候，將他放在一旁，除了用來指向銀幕外，不要將指示器用在其他用途上——千萬不要用來指向你的聽眾。

因為投影機有許多不同的類型，因此報告人員應該要早一點到達會場，將機器打開，作好所有必要的調整；檢查投影機的頸柱部位，確定他的高度所投射在銀幕上的資料可以讓聽眾看得很清楚；你應該帶一條延長線，以便在需要移動機器的時候使用；還有一顆備用燈泡，以防原來的燈泡中途燒壞，而且應該事先就弄清楚更換燈泡的方法。在你的報告過程中，沒有使用到投影機的時候，應該將機器關掉並移開，以免聽眾的注意力分散。

幻燈片

雖然有許多的報告人員已經不再使用幻燈片，但它的使用度仍舊頗為廣泛，尤其在高科技的報告之中最常被使用。幻燈片可以很輕易地經由電腦製作出來，非常適用於大型的報告之中。

效果最佳的幻燈片應採用黑色背景及明亮的字體，這可以讓你在報告的時候不用關燈保持明亮，或只要關上部分的燈而保持一點光線；因為若是將燈全部關掉，很容易讓聽眾覺得昏昏欲睡。不要使用太多的幻燈片，每張幻燈片的內容也應該力求簡潔；使用派圖及一些簡單的圖形可以產生很好的效果，使用不同的顏色則可以幫你區分出重點。

報告的時候，你是站在教室前方並且面對聽眾；因此你會使用遙控器來更換幻燈片。若是你無法區分前向與後向按鈕，可以在其中一個按鈕上貼上標籤以示區分。報告之前應該確實地檢查幻燈片的位置與順序，以免報告中途出現上下顛倒的幻燈片，或是出現另一個報告中的幻燈片；這會令聽眾覺得你並沒有作好充分的準備。務必帶一條延長線及燈泡作為備用，以防萬一。當你用完輔助器具時，將幻燈機關掉，並將燈打開。

錄影系統

使用錄影系統的目的有很多種，可能是要播放預先錄製的錄影帶；也可能是用電腦作控制，要在電視螢幕或投影機上展示；或是要播放一段很久以前所錄下的活動片段；或是在報告中需要用到錄影和播放的功能。因為錄影系統所涉及的裝備很多，所以事前的規劃及一再的檢查是非常必要的。

如果你沒有帶著自己的錄影裝備，應該先瞭解到不同錄影系統間會有所差異。VHS的帶子不能與BETA系統相容，也不能與八釐米系統相容。所以在使用錄影帶之前應先考慮到系統相容性的問題。直接到現場檢查你所要使用的設備與空間，可以避免你在隨後的報告中碰上尷尬的問題。

若是你要使用錄影與播放的功能，應該讓準備人員明白你在設備上的需求。當我想要錄下研討會、協議會及交流講習會中的聽眾時，通常我會攜帶自己的設備，其中包括兩台錄影機及三腳架；我也會帶兩台照像機以防其中一台發生故障。由於播放裝置太重並且攜帶不便，所以我會請準備人員在現場先準備好。通常我會提早到達現場，檢查會場的光線，並測試所有的設備；這樣就不用在聽眾都到達之後再去作一些調整工作。若是我想要在報告時錄音，一定會多準備延長線、電池及錄音帶，並在錄音之前親自測試所有的設備。

電視螢幕

你應該使用多大的螢幕，會場中的每一位聽眾才可以看得清楚呢？以下是一些一般性的指標：

聽衆人數	螢幕大小
10人或10人以下	19英吋
11-25人	25英吋
26-75人	4-6英呎

聽眾人數很多的時候，你將需要更大的螢幕。

液晶顯示器與投射機

在會議的使用上，液晶顯示器目前正快速地取代幻燈片。他可以和電腦的影像埠相連接，將你的影像投射在空白的牆上或銀幕上。與手提式電腦結合使用時，非常容易操作並頗易於攜帶。在報告之中使用液晶顯示器和投射機，可以使你的圖形品質更為細緻並產生更好的視覺效果。

液晶顯示器必須和投射機一起使用（為了要求高品質的影像效果，所使用的投射機所產生的平均光流不可少於四，〇〇〇流明）。液晶顯示器本身是一個扁平的裝置，它的厚度和手提式電腦差不多，重約七磅；投射銀幕大小約八至十英吋寬，可將影像投射到十呎長。液晶顯示器可以快速變換銀幕大小，與其他的投射裝置相較，它的影像更清晰，色彩的展現也較佳。

液晶顯示投射器是一個完整的機體。他包含液晶顯示、光源及投射的功能。雖然他比液晶顯示器重，但所有的功能都涵蓋在一個機體之中，不需要使用外加的上方投射機；而且光源亦內建於機體中，可以和液晶顯示各項功能相互配合，產生高品質的影像。這類技術目前正在迅速更新之中，他的重量與成本正在逐漸下降，而影像解析度則正逐漸地提升。

多媒體展示

現今的多媒體展示已不再屬於專業領域所專有，你也可以使用電腦來製作自己的多媒體展示作品。有很多軟體可以讓你的電腦顯示出連續的數位影像，也可以以不連續的幻燈片效果呈現給聽眾，甚至可以將其他的報告內容合併進來。多媒體電腦含有畫圖工具，可以用來製作圖形；也有內設鍵，可以用來啟動某一項內建功能，例如：開始播放影像。大部分的鍵入式多媒體軟體都具有螢幕變化的效果（淡出、溶入……等）及活動版面，可以讓你的報告主題在螢幕上連續移動。你也可以使用個人電腦軟體或麥金塔電腦軟體將電影的內容合併進來；除此之外，許多的軟體已開始把許多類似超文字的特色含括進來，在報告之中可以增進和聽眾間的互動效果，例如：聽眾可以主動選擇螢幕上的按鈕自己翻頁，甚至去選擇其他的報告資料。

依據聽眾的需求，你可以當場更改報告內容。鍵入式的軟體讓你能夠將文字、圖形、聲音、動畫及影像片段整合為調合性的報告；此外，大多數的多媒體軟體都具有內設功能鍵，可讓聽眾啟動內部程式，例如：啟動影像播放或其他連結的報告資料。由於這些軟體都會定期更新，所以在購買這些軟體之前最好先熟讀說明書。

電腦輔助報告注意事項

- ▼務必檢查電腦的設定與電源；攜帶一組螺絲起子，以便在電腦需要連接纜線或週邊設備時使用。
- ▼攜帶延長線、穩壓器及可能會用到的纜線。
- ▼攜帶膠帶及剪刀將地上的纜線固定，以免有人絆倒。
- ▼確定你的電池已充過電，或剛換上新的電池。
- ▼攜帶一盞備用電燈或請人事先在會場中準備，以便報告中需將燈關掉時作為輔助。
- ▼如果你需要使用數據機，務必先確認電話插座是否相容及這些插座是否能夠使用。
- ▼攜帶一分使用軟體的備份。
- ▼若你的報告全程都使用電腦輔助器具，務必確定全部的聽眾都看得到。
- ▼練習使用所有設備直到你完全熟悉。

準備視覺輔助資料

當你在準備視覺輔助資料時，務必記得他們的使用目的；他們是用來增強你的報告效果，而不是削弱你的報告效果。你所要報告的內容才是最重要的，而使用好的視覺輔助資料則使你的報告更能夠吸引聽眾的注意。當你在準備視覺輔助資料時，應注意以下各點：

字體

選擇易讀的字體。必須要講求一致性；所有的標題都採用相同的字體，所有的內文亦是。使用的字體不要多於兩種。

力求簡潔

太多的字數會使聽眾覺得疲憊。重點部分只要用幾個字來說明即可，並力求精簡。在你的口頭報告與講義之中，不要使用複雜的資訊。

一致性

在同一種視覺輔助資料中，若你的條列點是採用問題的方式，就全部以這種方式準備，如果是以陳述的方式，也必須以陳述方式作表達。

標題

輔助資料的標題不要超過一行，次標題則不要超過兩行。不必將標題放在每一頁的資料上，這樣看起來會很雜亂。

酌用大寫字母

在條列的文字部分，不要全部使用大寫字母，這會使得資料變得很難讀。標題的第一個字母及適當的名詞才使用大寫。

摘要

使用視覺輔助器具需要事前妥善的規劃、執行及靈活的運用。講求效益的報告人員會花時間來準備視覺輔助器具，設法熟悉他們，並不斷地練習使用這些器具，直到他們能夠很輕易而且很順暢地掌控這些器具。至於應該選用何種類型的視覺輔助器具則視聽眾特性與你的報告主題而定；報告的場所也是考量因素之一。在決定視覺輔助器具的使用類型前，務必弄清楚有那些設備可以使用，以及電源的供應問題；可能的話，準備其他備用器具以防突發事件。你應該事先有充分準備，即使在沒有任何視覺輔助器助的情形下，也能夠進行你的報告。畢竟，即使是最萬全的準備，還是會有出差錯的可能。

使用視覺輔助器具注意事項

▼準備視覺輔助資料時，先查明會場的裝置及可用的設備。

▼可能的話，到現場練習使用這些視覺輔助器具。

▼報告當天提早到達會場，以便有時間可以裝置設備。

▼攜帶備用的燈泡、延長線、膠帶、剪刀及其他工具。

▼若需使用電腦，應確認所有的插座皆有接地。

▼確定你的手提式電腦的電池已充過電，或已更換過電池。

▼若需要使用數據機，應確定電話線的插座可以使用。

▼若需要關掉電燈，應確認電腦操作人員會有輔助的光源。

▼攜帶備份的軟體。

（續前頁）

- ▼若報告所使用的設備是借來或租來的，在報告之前應先熟悉這些設備的使用方法。
- ▼務必讓全部的聽眾都看到你的視覺輔助資料。
- ▼使用幻燈片時，應確認所有的幻燈片都按既定的順序排列，並且沒有上下置放顛倒的情形。
- ▼確定所有報告資料都沒有拼錯字的情形，尤其是客戶的姓名及產品的名稱。
- ▼你應該要有充分準備，在沒有視覺輔助器具的情形下，還是能夠進行你的報告。

講義

講義是印有你報告內容的書面，其中包含你欲提供給聽眾的資料，例如：圖表、投影片內容、圖形及其他的視覺輔助資料；其中可能還包含有報告內容的大綱，或是你為聽眾挑選出而其未含括在你口頭報告之中的資料。講義的內容應該要簡明易讀，並印有你的姓名、住址、電話和傳真號碼、電子郵件位址、網址（如果你希望聽眾與你聯絡的話）；也可以將你的個人資歷及服務公司資料涵蓋進去。講義是用來增強你的報告效果，不要反而讓它削減了你的報告效果，所以講義的內容務必要清晰易讀。

在下列情況下，講義可以發揮很大的功效：

◆你的報告內容含有很多技術資料。

◆你無法對全部的資料進行口頭上的報告。

◆你希望聽眾在聽你報告的同時也能作筆記（務必將需要記下的部分告知聽眾）。

若是你不希望聽眾在報告進行當中作筆記，你應該告訴他們全部的資料都在講義上，可以不用作筆記。

在每次的報告中，你都應該告訴聽眾講義中包括了那些資料，及他們何時會用到這些資料。如果你不希望他們邊聽報告邊看講義，就在報告結束後再將講義發給他們。

技巧演練

將翻頁式圖版或投影片這類視覺輔助器材加入你先前所準備的五分鐘告知性口頭報告，錄下報告的整個過程，提出自我評論，修正之後再重錄一次。

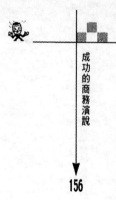

9

佈置屬於你的閃亮舞台

報告人員應該要安排較良好的教室佈局；然而，教室中的椅子卻時常是固定的，以至於報告人員無法事先進行較佳的安排。你可能會發現進行報告的場所並非報告專用，平常還有其他的用途；或可能你的報告場所就是專門報告使用的最佳場所。

無論是何種情況，事先是否要先行準備完全取決於你。你可以事先打電話儘可能地詢問出有關教室佈局的所有細節；若是你希望能作特別的安排，這時候你就應該要主動提出來，看看是否需要麥克風、延長線或投影機，並詢問對方座位的排列情形；椅子是否固定、桌子的大小及數目，座位是否如演說廳一般的排列方式。你的目的就是要安排出一個對你與對聽眾最有利的位置。

準備教室

若是你已在報告現場，可以先在每個不同的方位坐坐，確定是否每個座位上的聽眾都能夠看得到你，必要的話就挪動桌椅；如果你需要使用視覺輔助器具，那麼也應該確定每個座位上的聽眾也都看得到，否則，這會比未使用視覺輔助器材還容易令聽眾覺得不快。

如果你的聽眾人數很多，位置應該像上課的教室或劇院那樣安排（參閱圖9-1a）或是以半月型的方式安排（參閱圖9-1b）。這類教室佈局的聽眾會在你的前方，視覺輔助器材則會在你的旁邊或後方。這種安排最適合於聽眾人數眾多時，以及不需要與聽眾互動的時候採用。

若是你的聽眾人數未超過二十五人，而且你希望與聽眾多點互動，V型或U型的佈局會較佳（參閱圖9-1c）。此時報告人員所站的區域較為寬廣而且視覺輔助器具會放在中間。這類的教室佈局最適合小群聽眾及需要與聽眾互動時採用；但在聽眾人數很多時則不適合，因為整個型狀會延展得太寬，致使你看不到坐在角落的聽眾。

如果你的聽眾人數很少，會議型的佈局則較佳，座位可以圓型方式排列，也可以方型方式排列，或是圍著會議桌排列。這可以使聽眾較易於與報告人員互動，但對你而言卻比較不容易看到就坐在你兩旁的聽眾。

現場演練

可能的話，報告人員最好能夠在實地的場所進行演練，順便可以檢查現場的設備，

圖9-1 教室位置佈局

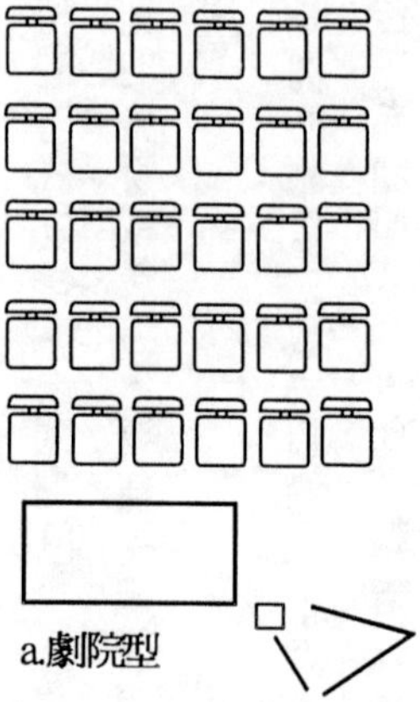

a.劇院型

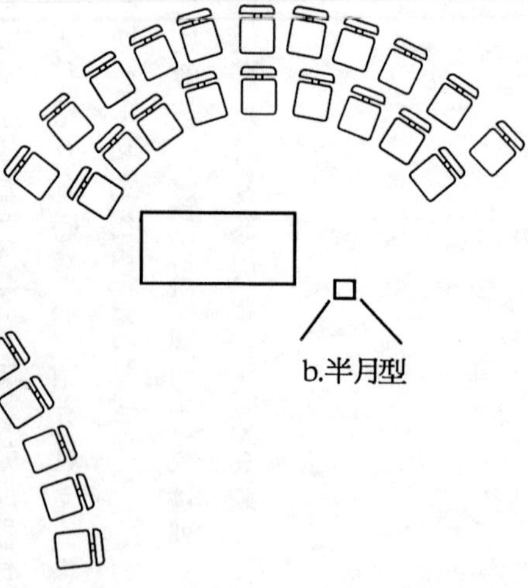

b.半月型

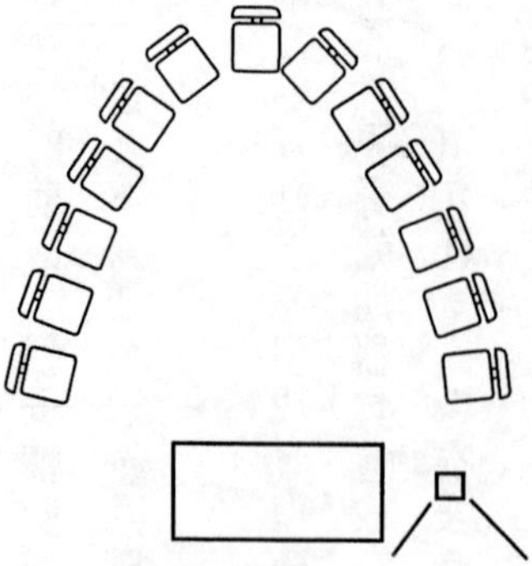

c. V型

並使自己適應現場的環境。

事先確定講桌位置，如果有人在你之前作演說，記得把講桌位置調回來。報告人員在報告時站在講桌後太久並不是很恰當，因為你的目的應該是要更親近聽眾，但是講桌卻隔開了你和聽眾。一直都站在講桌後面的報告人員容易令人產生冷淡的感覺，所以，你應該要站出來親近你的聽眾。當你感到緊張而需要看摘記時，再回到講桌後面。矮個子的報告人員有時會一直站在講桌後，因為地上的講台可以將他們墊高而讓聽眾看得到他們，但有時候最好還是走出來，讓聽眾與你感覺更親近。

如果麥克風置放在講桌上使你不得不站在講桌後面時，你應該要求換為無線麥克風，或是自己事先已準備的。如果你未曾使用過麥克風，報告之前應先練習使用，屆時才不會發生差錯而能運用自如。離開講台之前記得關掉麥克風，以免某些你私人的談話被聽眾聽到。我常會舉出這樣一個典型的例子，有一位報告人員因為未意識到自己未將麥克風關閉，在中場休息時上洗手間，這時一位女士跑進來並對他喊著「你的麥克風沒有關」。不用多說，這位報告人員從此之後就未曾再忘記關麥克風。

現在市面上有很多不同類型的麥克風，若是你不確定報告現場是不是備有麥克風，你可以自己購買較慣於使用的類型，然後帶過去。

◆頸圈型麥克風。這種麥克風可以掛在你的脖子上，不會拘束報告人員的動作，但你必須小心他的線。

◆夾取型麥克風（俗稱小蜜蜂）。可以夾在衣服上，許多頸圈型麥克風也可以夾在衣服上。

◆桌上型麥克風。它可以從架上取下來，並且可於桌面範圍內自由使用。

◆移動型麥克風。置放在一個可調整並且可移動的架上，整個麥克風可以置放在不同的會議室中。

舒適的環境

你可能不像一些特殊人物般，有許多不同的教室可任意挑選；但你卻可以對教室環境先作安排，讓聽眾感到舒適並且有助於學習。在聽眾到達之前，你應該先檢查空調設備、暖氣設備及通風系統；若是太熱，會使聽眾想睡覺，不能集中精神；若是太冷，他們也會感到不舒服。然而，若是教室中會有很多人，你應該將溫度降到華氏65度，可以調和聽眾身體的熱度；寧可過冷都不要過熱。你還需要檢查教室中的門窗或風扇看看通風是否良好。

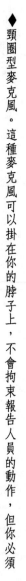

避免分心

如果報告人員所站的地方離窗戶很近，或是教室光線過於明亮，可以將百葉窗拉上消除一些光線。太陽光照射在聽眾的眼睛會使他們無法清楚地看到報告人員或是看到視覺輔助器材。所以教室中的椅子若是可以移動，椅子的排列方式應該使聽眾背對著門口，以防有人出入教室時，聽眾較容易分心。

教室佈局檢查事項

▼應以報告人員的觀點及聽眾人數的多寡為考量來安排你的教室佈局。

▼教室是否有麥克風；你是否需要自己攜帶麥克風。

▼到現場演練。

▼每一個座位的聽眾都可以看得到報告人員並且聽得到報告人員的聲音。

▼在需要的地方都找得到插座與延長線。

▼已作充分準備：電燈泡、延長線及視覺輔助器材都有額外的準備。

（續前頁）

▼通風設備很適切。

▼教室溫度華氏65度。

▼百葉窗拉下可以消除部分光線。

▼聽眾的座位背向教室的門。

10

五種讓人SAY YES的發言技巧

不同的發言情境所採用的訊息傳遞方式也會有所不同，這些方式可區分為自發性即席式、充分準備即席式、部分準備即席式、手稿式及記憶式的發言。

自發性即席式的發言

這就是所謂未經事前準備的即興式發言。這類發言通常發生在現場臨時起意的情形。若你是在某種場合中，並沒有被事先告知需要發言，例如：在會議中發言，但你卻可能會被臨時要求作一個專案的進度說明，或針對某個討論中的議題表達意見。

大多數的口頭報告都是屬於這種自發性即席式的發言。縱使你無法針對這類發言方式作好事前的準備工作，但臨時的準備工作還是可以進行。這類發言方式的成功要訣就在於自我放鬆，並且將你對主題原已具有的知識發揮出來。當你臨時要參加會議時，應先有心理準備，想好在會議中可能會被要求提供那些意見與資料，當你臨時被要求發言時，也就不會感到驚慌。若是你對主題已經非常地瞭解，你將能夠更輕鬆地發言。

若你將要參加一個會議，而你已察覺到開會時有人可能會要求你提出見解；這時候，你可以針對將要討論的主題作一些臨時動議的準備工作，使你在會議中可以提出更豐富的意見。例如：你即將參加一個會議，會議主題為公司是否應將HMO式的合約改為較為正式且傳統的付費服務合約，這時雖然你並沒有被指派要發表某個特定議題，但是因為自從公司有付費服務合約開始，你就一直待在這家公司，所以你相當清楚其他與會人員可能會要求你提供意見。因為你原已具有自己的見解，所以這時候你可以簡略地記下這些想法，先有一點準備。因此，當你在會議中被要求發言時，便可從容不迫，應對得宜。若是其他人先你之前發言，並提出與你相同的見解，這時你至少可以表示對對方的贊同並說明自己的理由。

很多商業人士使用這類發言方式來測試自己或測試同事的知識程度。成功的自發性即席式發言可以讓你受到矚目，並且使你的同事對你印象深刻，或許你的主管也會因此而對你產生深刻的印象。若是在團隊式的報告中，自發性即席式的發言將成為腦力激盪的一種方式，並且能夠藉此激發出新的創意。

充分準備即席式的發言

很多的演說經常使用這類發言方式。充分準備即席式的發言乃事先經過規劃、準備與練習的一種發言方式。大多為一些受人矚目的演說，而且需要被重複多次進行，但是每一次的演說內容又都不盡相同。演說人員可以使用大綱或是摘記，但是演說內容並不會被全部寫下來或是強行記憶。

這類演說聽起來感覺可能非常順暢，演說者就如同未經準備而自然說出一般；事實不然，他的每一個細節都是經過事先仔細規劃過的，包括演說人員用來輔助演說論點時所提出的範例與趣聞皆然。由於演說內容全部都已經過規劃，因此，在每一次的演說中，演說者都可以針對不同的聽眾群任意重組他的演說內容。

政治人物經常進行這類型的演說，例如：一九九六年的美國總統大選中，比爾・柯林頓在他所拜訪的各個城市中以福利改革為題發表演說；然而，每一次的演說內容都會有一點差異。因為他可以依據不同城市中的不同聽眾群來重組他的演說內容。

部分準備即席式的發言

這是屬於自發性即席式發言及充分準備即席式發言方式所綜合而成的一種發言方式。這類部分準備即席式的發言雖然經過準備，但卻未經過演練。這類演說有可能發生的場合為一般會議、協議會與辯論會。當你受邀參加這類場合時，會有一些時間可以整理自己的思緒，但卻不可能進行實際的演練。在一個部分準備即席式的發言中，其成功關鍵在於發言人能不能當場將腦海中的訊息搜尋完整並且妥善組織。在這些場合中，你還是有時間可以寫下開場白，將你的論點延展開來；也可以使用摘記幫助自己將一些想法組織起來；還可以寫下結束語來總結你的演說；而這部分也可以讓聽眾知道你的演說已經結束。

手稿式的發言

這類演說的內容在事前都已被全部寫下來，演說時再由發言者逐字唸出。這類演說在科學性的社團中運用得很廣，因為技術報告上的內容需要有完全正確的措詞，提出來發表並被與會人員接受之後，再由作者正式公佈內容。政治人物、教師及訓練人員在需要使用精確的措詞時，即必須採用這類發言方式；使用電視提詞器的人們也是這一類發言方式的應用者；當每個發言人都被限制發言時間時，這類發言方式也經常被採行，因為它可以確保發言內容確實地依循著時間表進行。

由於發言人唸出演說內容的發言方式會令聽眾覺得非常單調乏味。因此，你應該將內容印成講義，然後運用視覺輔助器材來進行說明，這可以令聽眾覺得較為有趣。

但除非必要，否則報告人員最好不要使用手稿式的發言方式。若遇到有些口頭報告的內容需要與書面資料完全相同時，才使用這種方式，但對於報告內容的其他部分則應該多作說明。如果你必須從原稿中讀出資料，應該使用範圍指標技巧——以拇指翻頁，其他手指作為資料內容的指標；一次標示一個章節部分，這可以讓你在抬頭看看聽眾之後，再回到書面資料時可以找到原本所唸到之處。手稿式的發言方式必須經過大量的練習，才能夠進行得很好。

強記式的發言

除非你是職業演員，需要記住台詞，並且有如自然說話般地將這些台詞說出來，否則你根本就毋需注意到這類發言的方式。大多數人都無法記住他們所寫下的每一個字；況且，說出來的話與寫下來的字也有很明顯的差異存在。人們並不習慣聽到那些書面內容被硬生生地背出來；口語乃包含短句、片語、省略語、俚語、開場語與結束語；而書面語則包含較長並且較正式的句子，其中還有許多轉承式的句子，這些句子用在書面上看起來都還不錯，但若是將這些內容講出來，聽起來就未必恰當了。

我們可以看到一些最為受苦的發言人，他們事先寫下發言內容，並且認為自己已經記住內容，然而等到他們一上台發言時，卻忘記了報告內容。由於是以強記的方式來準備他們的報告，所以只要一忘詞就不能夠再繼續報告下去，甚至連替代的開場語都說不出來。

採行這類強記式的發言方式，成功的機會可說是非常渺茫。身為發言人，可以從聽眾身上得知一些線索，導引自己去傳達一些訊息，並且在必要時依據聽眾的需求去重整報告的內容。如果你所採行的是強記式的發言方式，就不可能做到這點，所以你的報告終歸會失敗。

圖10-1乃是這五種發言方式的摘要；他們的細節與使用時機在本章中皆已討論過。

圖10-1 五種發言方式及使用時機

發言方式	說明	使用時機
自發性即席式	即席發言	臨時起意時
充分準備即席式	事前已進行規劃	計畫中的活動準備及練習
部分準備即席式	事前已準備	一般會議、短時間的討論 無法事先演練的辯論性會議
手稿式	報告內容已被寫下	科學性與政治性的協議會
強記式	書面內容逐字說出	無適當使用時機

11

成功演說三大要件

傳達訊息給他人的方式包含了三大要件，分別是視覺、發聲及言詞，每一要件都牽動著整個訊息的傳達。視覺是指外表給人的整體印象，其中包括衣著、肢體語言、姿態及臉部表情。發聲指的是的聲音及音調。言詞則是指措詞及用字。三大要件的重要性不盡相同，由於視覺的影響程度最深(約佔55%)，因此身為一位演說者，如何適切地將積極且正面的視覺訊息呈現給觀眾是相當重要的。

視覺

成功的穿著

儀表可以潤飾你的言談。發表演說之前，如果曾對與會的觀眾作過一番瞭解，選擇最合適的服裝參加演說，不但因地制宜也令演說增色不少。對男性而言，套裝比五顏六色的運動外套或上衣更顯權威，然而若是風和日麗的溫暖天氣，而且與會的觀眾多數穿著短袖襯衫或較為休閒的服飾，那麼套裝在這種場合下似乎又顯得有些唐突，因此當你無法確定如何穿著較為合宜時，可以向安排演說的人員請教或和其他人協商。

對男性而言，深色系列如黑色、深藍色傳達的訊息是權力及權威。然而對大人物而言，黑色似乎又略顯嚴肅。若將西裝外套扣上的話，會顯得胸寬腰窄。白色或淡藍色襯衫搭配絲質領帶、長統襪以及擦拭光亮的深色皮鞋則適合於各種場合。

許多公司行號有所謂的休閒工作日。然而身為公司的訪客，除非是應對方要求，否則不適合穿著休閒服前往拜訪。

女姓的穿著方面就不似男性般那麼注重專業形象，但仍需注意裙子不宜過短或過緊，留心絲襪是否有抽絲或脫線的情形，並且隨身攜帶一雙以備不時之需，鞋子款式不宜過於花俏並且以中低跟為主，首飾方面則應避免叮噹作響或搖來晃去的樣式，毛衣切忌過於合身，上衣不宜低胸剪裁。除此之外，找出最能襯托自己的顏色並儘可能穿著此一色系的衣服。若仍然沒有把握的話可向專業的形象及色彩顧問諮詢，確定自己的穿著端莊有禮。

倘若配帶眼鏡，請避免有色或深色的眼鏡，因為演說時觀眾通常希望能看清你的眼神。此外，除非演說之前鞋子不慎斷裂，否則演說當天也不適合穿新鞋子，因為你不會希望因為腳痛而必須以一副苦瓜臉去面對觀眾。倘若對於自己的穿著仍無把握時，可請他人從各個角度甚至是背後檢視一番，因為不當的衣著將使你的演說大打折扣，畢竟，你衣服上的裂縫比起演說的內容更讓觀眾印象深刻。

男性的穿著

基本的傳統商業穿著

▼二件式套裝方面，準備數件單排雙釦，單排三釦或雙排釦的樣式，顏色可以深藍、灰色、墨色或細條紋為主，避免咖啡色系。穿著雙排釦外套時，除非是坐著，否則應扣上鈕釦。套裝外套不宜搭配不同系列的褲子。

▼運動外套及長褲若以對比色系的方式搭配則可突顯出休閒格調。

▼領帶選擇絲質或羊毛，顏色及樣式不宜過於耀眼奪目，可選擇紅色、深藍等作為底色，並配以細小圖案或條紋。

▼即使是溫暖的天氣裡，仍應以平整的素色長袖襯衫為主。花色應避免淡紫色、桃色、花格子圓點以及寬條紋。

▼擦拭光亮的深色皮鞋（黑色最合適）。

商業休閒穿著

▼中國式或卡其式長褲。

▼圓領或高領的運動襯衫。

（續前頁）

▼套頭的圓領棉衫。
▼毛衣或運動外套。
▼休閒便鞋或繫鞋帶的鞋子。

參加大型演說時，務必視察舞台的背景顏色，因為無論是男性或女性都不希望自己如隱形般地站在台前。

女性的穿著

基本的傳統商業穿著

▼黑色、深藍或灰色的二件式套裝。
▼對比色的外套及裙子。
▼二件式洋裝或外套式洋裝。
▼幾件中性上衣（白色或米色）。
▼素色的套頭衫，可選擇粉彩色系。
▼金色、銀色的耳環各一對。

（續前頁）

▼選擇可與套裝或上衣顏色搭配的圍巾及披肩。
▼黑色、深藍或深灰色低跟便鞋。
▼淺灰或深灰色襪子。

商業休閒穿著

▼休閒的裙子或褲子，乾淨平整的燈芯絨褲子。
▼筆挺的棉布印花襯衫或柔和的花格子襯衫。
▼毛衣數件（不宜過緊）。
▼可搭配褲子或裙子且顏色鮮豔的運動上衣。
▼低跟鞋子或靴子。

抬頭挺胸姿態很重要

從小到大我們就被教導要抬頭挺胸，然而實際上卻不知道該如何做。姿態的自我評估可從錄影帶或照片著手，倘若發現自己彎腰駝背、無精打彩或是對自己的儀表不甚滿意的話，可從幾個方向做起：

◆雙腳垂直站開，保持與臀部一樣寬。

◆手臂貼近身體。
◆肩膀超過臀部。
◆頸子舒暢自在。
◆背部又長又寬。
◆姿勢優良健康。

整理儀容的要點

◆保持頭髮清潔，若發現有頭皮屑，可於演說開始前用透明膠帶黏除。
◆衣著保持整齊清潔且沒有斑點髒污。
◆經常保持眼鏡清晰潔淨，室內勿配戴太陽眼鏡。
◆不要選擇掛鍊式或有其他配件的眼鏡。
◆保持牙齒光亮潔白。
◆保持口腔好口氣，避免洋蔥、蒜頭、乳酪等產品。
◆男性應將臉上鬍子、汗毛及鼻毛修整乾淨，女性則應將臉部多餘毛髮剃除乾淨。
◆立於全身鏡前好好檢視一番。

選購衣服前五大問題

◆衣服合身嗎？是否太緊或太大？請勿購買所謂的理想尺寸，應選購適合目前身材的尺寸。

◆坐下時鈕釦是否會前開？

◆是否使用多面鏡檢視自己前後左右的各個角度？

◆當你走動時姿態是否從容不迫呢？

◆如此穿著是否能建立自己的形象？

當你坐著時，總是希望自己看起來精力充沛且充滿自信，而不希望自己是彎腰駝背或過於隨便又懶洋洋的。演說時端正的坐姿（或是在希望自己在會議上看起來容光煥發）必須是直挺挺地坐在椅子上，背脊打直，雙腳平放在地板上。

注意臉部表情

持續一星期地擺一面鏡子在上班桌前，當你講電話時觀察自己的臉部，注意自己是否出現任何虛偽的、不友善的表情，甚至是面無表情。是否有斜視、皺眉或是扮鬼臉？一旦你意識到上述這些表情，就比較容易避免這些不禮貌的表情，經常練習微笑及愉悅的神情，因為這些表情最適合用於演說的場合。

姿勢是視覺感觀的一部分

姿勢為進階的會話，強化了你傳達給觀眾的文字與思想。姿勢包括雙手、雙臂及頭部的動作，能使你的演說增色但也能使其遜色。你是否曾與用雙手說話的人談話？在某些文化中，這種溝通方式是除了說話之外另一種為人接受且稀鬆平常的溝通型態。在我們的文化中，某些手勢如用手指著他人或舉起拳頭等則可能被詮釋為挑釁或威脅之意。

軍中集會時，兵士們通常維持稍息的姿勢，或雙手交叉置於背後，或雙手交叉置於前方下面，形同一片無花果葉。無論是男性或女性經常會將雙手交叉置於胸前，自以為表現出來的是輕鬆又充滿自信的態度，然而演說時這種姿勢反而會使大多數的觀眾覺得你不夠友善，等於是封閉了自己與觀眾之間的橋樑，而你的目標應該是以虛心坦懷且真誠的態度面對觀眾，因此演說時敞開心胸可以強化你的演說內容。

另一種應避免的姿勢是將雙手置於口袋內，部分緊張的演說者藉此隱藏那雙顫抖的手，然而卻也常常使得口袋內的鑰匙及零錢叮噹作響而渾然不知。有些人重新將雙手從口袋內伸出時，會不慎弄掉了口袋內的東西，因此演說前最好將口袋內的東西全數掏出以避免尷尬發生。

將手如祈禱般交叉合掌也是應該避免的一種姿勢，因為這種姿勢令你全身緊繃，無法表現活力與精神進而帶動觀眾。此外旋轉雙手或強調重點時用手指來指去等動作，同樣令你表現出面對觀眾時的緊張與不安。

為何使用姿勢

以正面積極的方式善用姿勢，可以拉近你與觀眾的距離。適當地使用可幫助你於演說時放鬆心情，好比演說前作伸展操及暖身運動幫助你四肢放鬆。此外，演說時姿勢可以幫助你強調重點，可說在視覺訊息的傳達上助了一臂之力。

自然流露的姿勢最為有效且具說服力。來自於你的思想、你的經驗並且與你想傳達給觀眾的內容一氣呵成。一位台前唱作俱佳的演說者與一位站在講台後面雙手緊握的演說者，誰的演說內容令你較為印象深刻呢？

有效地運用姿勢

你曾看過電視上福音傳道者那種誇張又具壓倒性的演說嗎？那些姿勢因為面面俱到

所以效果相當好。儘管電視機前的觀眾是在家中收看，但透過這些姿勢的傳達卻往往讓人有身歷其境之感。

商業演說中，姿勢的使用就比較趨於謹慎保守，一般僅用於強調重點。不過如同電視上的福音傳道者，都是利用身體上方四分之一的部分來傳達姿勢，姿勢應該抬高讓觀眾清楚看見，此外，動作應該明快流暢而非心血來潮或是急就章，效果最佳的姿勢如同延伸真實的自我。

姿勢應該多樣化，相同的動作不宜一再使用，因為重複的動作容易分散觀眾的注意力，他們會因為忙於觀看你的手勢而忘了傾聽演說內容。部分的姿勢干擾了觀眾的注意力，如前面提及的一些較具威脅的動作（用手指著他人或揮動拳頭）。取而代之的，你應該善用雙手傳達姿勢給觀眾，手臂動作要一致，並抬高姿勢讓觀眾清楚看見，可單手使用或雙手並用，嘗試壓倒性的動作並視觀眾的多寡決定動作的大小，觀眾多時姿勢動作就大。此外別忘記用點頭、微笑以及將頭偏一邊等方式來加強演說內容。一位有效運用姿勢的演說者，自觀眾那兒得到的自信、能力及回應將可確定自己成功與否。

有效運用姿勢的演說者通常能使聽眾感覺輕鬆自在。自然流露的姿勢效果最佳，反覆練習的姿勢顯得僵硬且矯柔造作，然而透過學習仍然可以有效地運用姿勢。

有效傳達姿勢的十二個步驟

- ▼姿勢的使用應有所節制且應謹慎保守，一般用於強調重點。
- ▼動作應明快流暢而非心血來潮或急就章。
- ▼姿勢應多樣化。
- ▼不要用手指頭或拳頭指著他人，這類姿勢頗具威脅性。
- ▼善用雙手傳達姿勢。
- ▼手臂成一體同時移動，以免手肘手腕有氣無力給人懶洋洋的感覺。
- ▼觀眾人數多時動作要大，人數少時動作可相對縮小。
- ▼在鏡子前面練習姿勢作自我評估。
- ▼點頭、微笑可以讓你在觀眾面前顯得充滿自信。
- ▼避免那些令你看起來緊張或被動的姿勢，站著時不要稍息。
- ▼不要將手放在口袋裡。
- ▼保持雙手及欲傳達的姿勢於腰部以上。
- ▼姿勢的傳達應該朝上讓觀眾清楚看見。

技巧演練

每週三次，一次一分鐘，站在全身鏡前練習姿勢。當你能夠輕鬆自在地傳達姿勢時，將其運用在一分事先準備好具有說服力的五分鐘演講稿，錄影下來，對自己的姿勢運用技巧作一番評論，再去長補短。

發聲

演說令人記憶深刻的主要原因是發聲(約佔38%)，包括聲音及音調。當我們強調重點時聲音容易提高，然而音調越低越耐聽。你可以做一個小小的試驗，練習將音調控制在較低的音域，重複下列三個句子，並將音調逐次放低。

◆這是我的正常聲調。

◆Do—Re—Me—Fa—So—La—Ti—Do。

◆這是我的正常聲音。

暫停一下，聽聽看第一句與最後一句的差異為何？繼續重複這三個句子，直到能自我控制並能隨意放低音調，每日練習十次，六週後，你將獲得顯著的進步。

音量

演說時的音量太小或聽不清楚，即使演說內容再有趣仍究是失敗，但是如果演說者的聲音過於刺耳，同樣也會使演說功敗垂成，學習控制音量使其多樣化可幫助你抓住觀眾的注意力。下列練習也可以幫助你控制音量：用丹田呼吸及說話會讓聲音如同撞擊到牆壁般鏗鏘有力，因為丹田呼吸可增加肺活量同時也可預防喉嚨痛。

技巧演練

演說的前幾分鐘，可請他人用錄音機從前排座位錄音至後排座位，持續練習直到後排座位也可錄到你的聲音，並且對聲音的表達也可收放自如為止。

急急忙忙的談話V．S慢條斯理的談話

一般的說話速度介於每分鐘一百二十字至一百六十字，倘若人們經常要求你複述，可能表示你說話的速度太快了；反之，說話時經常被打斷，則代表你的說話速度太慢了。大聲朗誦可以控制速度，隨意取一百六十個字一邊朗誦一邊計時，由此可以知道自己平常說話的速度是否太慢或太快，每天練習直到能適應新的說話速度。

聲音的問題

當聲音引人矚目時，其本身就成為了一個問題。下列是幾個常見的問題：

◆刺耳——除非是與生俱來的，否則刺耳的聲音給人一種緊張與壓力，可以利用鬆弛身心的方式舒緩這個問題。如果感覺口乾舌燥，可以在說話前喝些溫開水加檸檬。

◆鼻音——鼻音通常是因為說話時下顎咬合太緊，可將嘴巴儘量張大以及咬舌清楚。

◆氣喘——說話時呼吸不足容易導致氣喘吁吁，練習深呼吸然後慢慢吐氣。

◆高音——除非是與生俱來的，音調過高可以經由發聲練習及刻意降低音域來改善。

句讀及演說障礙

我們每天都能聽到一些稱職演說者的言談，來自收音機或電視上那些自信專業的男性及女性播報員所播報的新聞、時事論談甚至是推銷產品等。他們是如何發音及遣詞用字呢？他們是否使用專業術語或複雜字詞呢？專業的演說者通常使用清晰生動的文字及簡單易懂的句子。

言詞技巧經常會造成一種假象，讓別人誤以為我們是能力強、學識淵博的專業人士。為了正確的用字，我們言談時偶爾會停頓或支吾其詞，因為措詞不當可能使自己本身或想法被人誤解，或在不知不覺中得罪別人。

種種言詞上的錯誤稱為「演說障礙」，他會削弱我們演說時對自己的信心、權威、專業及力量。模稜兩可的言詞及修飾詞也是常見的「演說障礙」，通常當我們不知道該說什麼或遇到冷場的時候會使用一些語助詞，如「嗯」、「啊」、「比如說」等，但是一般句子中通常不會出現這類字詞。

最近我參加了一位心理學家的演說，演說的主題很有趣而且演說者本身也是魅力十足，遺憾的是，演說開始五分鐘內她使用了近一百次「嗯」，這種惱人的習慣使得原本生動有趣的演說內容也為之遜色。

另一個常見的「演說障礙」是不恰當的語氣停頓。成功的語氣停頓可以強調剛才說過的內容，或是即將要說的主題。舉例來說，假定你即將宣佈一個決定或是發表一項新產品，演說內容中關鍵性的語句應該要有停頓，「身為人造皮業界的領導者，本公司將為市場帶來一項實實在在、無與倫比的產品。我們的最新作品名為（語氣稍作停頓）——明卡拉」。短暫的停頓讓觀眾不慌不忙地聆聽新產品名稱的宣佈——明卡拉。儘管前面的演說內容，他們並沒有全部聽進耳，但是當演說者語氣停頓下來時，卻又重新抓住了觀眾的注意力，因為他們急於知道停頓之後即將宣佈的內容為何。

話又說回來，某些停頓同樣可以破壞演說。停頓的時間不恰當會令演說遜色，如當你忘詞或是不知道說到那兒時所產生的這類停頓。

附屬疑問句對演說同樣也有不良影響。這些置於句尾的疑問句給人一種對於自己說過的話不確定或想尋求他人支持的印象。如「對於這項不經濟的開銷問題，本組提出的解決方案相當有效，您認為呢？」一句「您認為呢？」令整個句子顯得虎頭蛇尾。演說前仔細思索自己到底想說什麼及應該如何說，融會貫通後再確切表達自己真正的意思。

被動句也是一種「演說障礙」，主動句代表積極與行動，被動句只是平鋪直敘一些發生在我們周遭環境的事情。舉例來說，「我擊中球」（主動）與「球被我擊中」（被動），主動句型顯得更加強而有力。又如「為因應與日俱增的顧客需求我不得不強化自己的組織能力以及寫作技巧」，換一種更有力且主動的句型如下「強化自己的組織能力及精進自己的專業寫作技巧，是為了替與日俱增的顧客需求提供更好的服務」後者以一種積極進取的方式強調出你的上進與努力。

英語中最強而有力的二個字是「你」和「我」。「你」用於影響、說服某人或是向某人推銷的時候效果最佳。運用時重心應當集中在對方身上，畢竟對方不會因為你的看法而隨之改變，只會對他們自己所思考的、感覺的及需要的部分有所回應。多數商業往來的言論聲明都是以「你」為主軸。「你將會很喜愛這台新的影印機，想像他能為你及你的公司所帶來的利益。」

「我」這個字最適合用於對立、衝突的場面。當我們發生衝突時，通常是由指責他人開始：「你錯了，你犯了一個錯誤，你使我看起來很糟糕。」對方聽到這連續的三響砲，不是打退堂鼓就是變得自我保護。無論如何，彼此的溝通會因此而中斷，因為對方不再聆聽你的言論。一個有效化解衝突的方法是善用「我」這個字：「我認為這是一個誤會，因此覺得很不好意思，並且認為我們可以準備得更完善。」上述聲明不含任何指責卻又完整傳達你的想法，最重要的是對方仍然願意聆聽。

觀念的解讀在於某個字語傳達某個訊息，而字語的選擇習慣是由你全權決定的。不要隨興脫口而出，必須留意自已語句上能否創新且有效率。

經由下列三種方法可以將說話習慣造成的演說障礙之影響程度降至最低。

◆明確定出自己的意向。

◆修正儀態。

◆練習以優良習慣取代不良習慣並持之以恆。

正確的文法及語法

發音方式是你對他人影響力的一個重要因素。即使作了萬全準備、資料蒐集、講稿撰寫以及預先練習的演說也會因為發音錯誤而功敗垂成。發音錯誤的人常被認為是教育程度較低或是不夠聰明，然而這種看法通常是錯誤的，多數錯誤發音的問題是不良的語法習慣、地方口音以及只認字而不認發音等等所造成的。前美國總統卡特絕對認識「核子」這個字，但卻經常將其發音成「孩子」，就是一個發音錯誤的的例子。不知道是卡特總統沒有注意到發音的問題還是他認為自己的發音是正確的。大部分的錯誤發音及語法可以藉由下列方式來修正，如聆聽優秀演說者的發音方式，對某字的發音不確定時就詢問他人，或向合格的演說機構講師學習。

重音

一般言談中，我們的重音通常會落在某些單字或片語的習慣，演說時這種習慣便成為說服觀眾的助力，當句中重音改變時意義也隨之改變，這種演說技巧稱為「一針見血」。專業的演說者或撰稿寫會將重音的單字及片語劃線，你也可以依樣畫葫蘆，練習演說時，試試這種一針見血的效果。例如下面這個句子，當重音改變時也同時改變了演說者的意思。「當我們與其他如貴公司般規模的公司進行交易」與「當我們與其他規模如貴公司般的公司進行交易」。

技巧演練

◎大聲朗誦上述二個句子，將重音落在劃線的單字上。第一句的重音「如貴公司般規模」，使得這家公司讓人感覺規模很小甚至是微不足道。第二句的重音「規模如貴公司」會使聽者感覺

（續前頁）

你對對方公司的規模印象深刻。

◎大聲朗誦並且錄音下來，朗誦時使用重音技巧。朗誦兒童書籍效果亦佳，全神貫注於聲音控制、遣詞用字以及節奏速度等。每週練習三次，每次十分鐘。

強勢結語

你是否習慣將句尾的音調提高？練習演說內容的前面幾行並且錄音下來，如果每逢句尾，你的音調就會提高的話，容易予人一種提出問題或提出假設的感覺。然而如果你於句尾默不作聲的話，將會降低演說內容對觀眾的影響力。句子應該完整的呈現，音調柔和且音質穩重。可以收聽新聞播報員是如何結束播報，多數人會重複使用相同的結語，但是他們相同的特色是音量提高、音調放低。可以持續練習直到自己習慣這種方式。

言詞

經過為演說而作的一切努力及準備工作之後，實在很難接受言詞是整個演說中對觀眾影響程度最小的部分。很明顯地，演說的內容相當重要，如何清晰正確地傳達自己的理念對演說者而言將是最大的挑戰。當你開始演說時觀眾便開始找尋「WIIFM」，必須確定開場白能讓觀眾瞭解到從這場演說中他們能獲得什麼。

讓觀眾信服及尊重的演說其關鍵在於將自己的儀表、言談舉止與觀眾融合，但並不意味著當你面對大專學生演說時可以穿著隨隨便便或過於草率。撰寫演講稿時應以觀眾為主軸，使用他們熟悉並感興趣的語句及觀念，也可考慮分享與觀眾相同經驗的一些奇聞軼事進入他們的世界。如果對象為科技團體則切忌使用專有名詞及術語，可以多使用精彩豐富的語句使演說生動有趣。

對所有的演說而言，最好一致使用簡單易懂的直述句，並適當地修飾字彙以配合演說對象，越瞭解你的聽眾，措詞用字越能契合他們的心，所謂知己知彼百戰百勝。避免使用外語，除非你願意為觀眾翻譯。語句儘量簡潔有力、去蕪存菁。倘若語句中有模稜兩可或因人而異的釋義時，務必解說清楚以避免誤解。如「政治」可解釋為體系或政體，同時也可以解釋為組織的內部運作。又如你認為某項產品「便宜」，而「不貴」則又是另一種詮釋。

準備演說時應確實顧及到觀眾的產業面及專業範疇，態度要真誠，並且當你與觀眾沒有共同話題時不要勉強假裝有，誠實以待，你的談話能為觀眾勾勒出一幅美好景象，多采多姿的敘述句也讓你的演說更加活靈活現地呈現給觀眾。

視覺、發聲、言詞

視覺

▼穿著合宜對演說而言是助力而非阻力。
▼站到台前不要躲在講台後面。
▼演說時充滿信心與專業。
▼保持微笑。
▼開始演說前將一切準備就緒。
▼開始演說前與觀眾先作目光接觸。
▼不需使用備忘錄的情況下開始演說。
▼偶爾要提及大綱內容。
▼不要注視地板或窗外。
▼有效地運用姿勢（雙手保持展開，動作多樣化讓觀眾清楚看見，並且平順、自然）。
▼站姿挺直但要放輕鬆，不要彎腰駝背。

（續前頁）

▼善用臉部表情以增加趣味，要對自己有信心。
▼收下巴。
▼雙腿打直（不要抖動、移動及交叉）有規劃地移動位置。
▼不要跑步。
▼走出講台，接近觀眾。
▼陶醉於演說中。
▼使用肢體語言表達你對觀眾的聆聽非常在意。
▼表現出充滿信心但要放鬆心情。
▼不要搖晃鋼筆、頭髮、首飾或口袋裡的零錢。
▼觀眾未離席前不要急於離開現場。

發聲

▼說話時充滿熱情。
▼語氣誠懇且感興趣。
▼表現要如臨場式即席演說而非朗誦或背誦式的演講。
▼保持音調適當的低沉且抑揚頓挫分明。
▼說話速度保持每分鐘一百二十字至一百六十字，並適度調整說話速度。
▼仔細發音，保持音色清亮。
▼避免演說障礙。

（續前頁）

▼使用停頓來加深印象。
▼利用聲音的變化（音調、音量、音速、重音）。
▼每次暫停應該將主題完整表達，此外不要用「以及」、「嗯」、「比如」等句子。
▼句尾將音調降低，音量不要降低。
▼敘述句的尾音不要提高。
▼適度地隱藏自己的錯誤。
▼「與」觀眾談話而非「向」觀眾談話。

言詞

▼使用敘述句。
▼以重點標題作為演說的開始，吸引觀眾的興趣以及激發他們的需求。
▼適度轉移話題，旁徵博引。
▼確定資料是有趣、實用且易於瞭解。
▼重複某些訊息資料以加強記憶（但應避免過於冗長）。
▼避免使用容易模糊視聽的語句（例如：某種、有點兒、我希望、我想、或許等）。
▼時間要精準掌控。

完美演說的五大步驟

▼妥善的準備工作必須持續至演說前一刻。

▼提前到達會場。

▼檢查所有設備。

▼檢查會場的佈置。

▼檢查照明設備。

▼取出教材。

▼檢查服裝儀容。

▼將標題舉掛完成。

▼發放講義。

1.演說開始

對觀眾發表演說之前，將所有視覺輔助器材關閉，目的是使觀眾的注意力集中在身為演說者的你身上。記住做深呼吸且吸氣要充足，站在講台上，面對觀眾，與觀眾目光接觸，並以大標題、重點提示開場，等開場白結束後再走動或移動。

2.處理干擾與中斷

即使是作了萬全準備的演說，也可能因為某些干擾或中斷而前功盡棄，而這些干擾與中斷只需作一些簡單的預防工作就可以避免的。步驟如下：

▼關閉通往演說會場的門。

▼張貼告示說明演說正在進行。

▼於演說會場門口安排一位服務人員。

▼電話重新佈線。

▼要求觀眾將問題及意見留待最後討論。

▼告知觀眾何時會有中場休息時間。

3.如何處理離題狀況

演說時多少會發生偏離主題或旁生枝節的情形。無論是來自觀眾間突發的問題或是演說者本於旁徵博引的原則使然，經常會造成主題模糊不清或降低演說的效果。偏離主題可以經由時間的超過而發現，也可以刻意地去迴避這種情形的發生，這些努力成為能使一分規劃嚴謹的大綱得以完整呈現的主要動力因素。演說前倘若準備充足且對大綱主題也能充分掌握的話，請考慮完全不使用備忘錄。演說時，對於觀眾的問題應該只針對與主題相關的問題作解說，其餘的問題則留待會後討論。另一個有效的方法是開場時可以要求觀眾將問題留待最後探討。倘若沒有事先預防因而發生離題情況，演說者應該將演說暫停，使用備忘錄來決定剩餘時間內所要包括的內容後再開始演說。如果有某位觀眾捲入議題，演說者可以提議將問題延

（續前頁）

（續前頁）

後討論，並且向其解釋為了大多數觀眾的利益著想必須言歸正傳。如果演說者的直屬長官在場，那麼演說者可以向其請示是否繼續就新議題探討，還是回到原先規劃的主題上。最後這項策略，不用正面衝突，是最常為人引用，也是回歸原先演說內容的一個指導方針。

4.二次閉幕致詞

如果問題發問緊接著演說而來，那麼就必須準備二次閉幕致詞。過於平常且不夠果斷的閉幕詞經常含有無關痛癢的言論，並且會導致某些問題無法回答或時間不夠，無論如何應該要避免。二次終場閉幕為再次強調主題以及令人記憶深刻的言論提供了最好的機會。

5.觀眾回響

無論來自觀眾間的回響或客觀資料的來源都可以改善你的演說技巧。有合適且具效益評估價值的問卷調查表就發放，如果沒有則從觀眾的問題上也有所助益。此外將演說者如何帶動觀眾整體氣氛錄音或錄影下來也具有其特殊幫助。表11-1為演說價值評估的意見調查表。

精簡報告注意事項

雖然你已經準備好你的報告，但不幸的是你所負責的報告議題被排在議程中的最後階段，而由於排在前面的幾位報告人員把時間拖得太長，所以會議主持人將你的報告時

表11-1 意見調查表

主題：

講師：　　　　　　　　　　日期：

你的意見及看法具有相當價值，請你花幾分鐘時間回答下列問題：

本次演說的整體評價為何?請選擇。

□不甚滿意　□尚可　□好　□很好　□非常好

本次演說是否已充分表達其目的?

聽講的過程是否遭遇任何困難?(如果有，請概略敘述)

你覺得本次演說有那些單元表達不夠清楚?（如果有，請概略敘述）

你覺得本次演說最有價值的部分為何?

你覺得本次演說有何需要改進的地方?

你覺得演說者的長處為何?

你是否有任何具體的建議提供演說者作為改進之處?

總評：

間由六十分鐘縮短為五至十分鐘，這時候你不用覺得驚慌，只要依循下列注意事項，就能夠在不影響原報告效果的情況下，精簡你的報告內容：

1. 挑選一項報告重點集中發揮。
2. 使用能夠撼動人心的標語字句，例如：現今有40％的青少年成長於單親家庭，而在所有的暴力犯罪事件中，有40％是由在這類家庭中成長的青少年所犯下。
3. 緊接著這些評論之後，應繼續提出說明，例如：直到這些青少年結婚生子之後，有60％的家庭亦會淪為單親家庭，而那時的青少年犯罪事件將又增加30％。
4. 使用一些趣聞或是簡短的故事來描述你的論點，這會使聽眾們倍感親切。
5. 你可以使用下列方式有效地精簡你的報告內容：

◆說明問題。

◆說明解決方案。

◆說明自己為何要提出這個解決方案，以及如何來達成這個方案。

◆總結你的報告。

12

展現你的台風魅力

手勢動作

你曾經看過在台上激烈地擺動肢體的演說人員嗎？這種情形是很容易令聽眾分心的；縱使你的報告內容多麼地有趣，終將受到損抑。你的表達方式會影響聽眾對於報告內容的反應，所以那些手勢與你在台上所呈現出來的姿態也是你報告中非常重要的一部分。報告時，你希望讓聽眾感到你很輕鬆並且一切都在掌控之中；所以，你需要表現得很自然，並展現出自信。

如果你想要取得一個比較自然的發言姿態，站著的時候應該將雙腿分開大約六至八英吋，腳趾頭向著正前方，膝蓋稍稍彎曲，將身體的重量放在腿上的關節部位。以這樣的姿勢站著可以避免激烈的肢體擺動，同時也可以減少一些容易使人分心的動作。

自然的動作可以使你的聽眾和你自己本身感到放鬆。不要在台上踱步，因為那會使你的聽眾分心；走動時至少要超過兩步，然後再回到原來的姿勢。運用一些動作來建立你與聽眾的關係，你甚至會想要走到教室的兩邊或後方，並在那裡稍作停頓，講一會兒話之後再回到前面的位置上。你與聽眾的身體越接近，也就越能引起他們的注意與興趣。若是在你對他們提出問題時，這樣做也較能鼓勵對方有所回應。與聽眾之間可被接受的距離是十二至十五英呎；若是聽眾的人數不多，一般可以將距離拉近到四至十二英呎之間，但偶爾也有靠近到十八英吋至四英呎間的情形。

身體站直，面向聽眾，保持著手臂放鬆並自然垂於身體兩側的姿勢。若是你雙手抱胸，那會使你看起來有防衛感；你的頭部與下巴應該稍稍揚起，那會使你散發出充滿自信的氣息；低垂著下巴則使你看起來一副靜默馴服的樣子，類似這些缺乏自信的視覺表徵對你的報告將會造成損傷。

目光接觸

不要害怕與聽眾目光接觸，聽眾們的回應將有助於你在報告中表現。當你覺得氣氛沉悶時，應該要稍作走動與聽眾產生互動；當你覺得氣氛很熱烈時，這類互動對自己亦能產生鼓舞的作用。當你與聽眾目光接觸的同時，也在與他們進行交流，這可以讓你的訊息更輕易地傳遞出去。

為了要與聽眾保持合宜的目光接觸，你應該以聽眾區佈局的Z型方向進行。先從熟悉或友善的面孔開始，將目光停留在這位聽眾身上三至五秒的時間，或是你談完一個議題的時間，然後以教室佈局的Ｚ型方向繼續將目光移轉到其他聽眾身上；你也可以中途中斷Ｚ型方向的目光接觸，從中間或是後方的聽眾開始。當你注視著某一位聽眾，而他卻將目光迅速移開時，你就不要再次直接將目光集中在他身上。在一些不同的文化中，直接的目光接觸是不恰當的；況且，某些人被盯著看時會感到很不自在。你偶爾也可以使用點頭示意的方法，或許會收到聽眾給你的同樣回應，至少在他們贊同你時會對你點頭示意；如果你接收到的是搖頭的表現，也可以知道是誰不表認同。

面部表情

一邊說話一邊帶著微笑並不是一件容易的事；但若是笑容得當的話，對你的報告將會產生重要的影響。男性報告者較之於女性報告者，這一點對他們而言較為困難。然而，練習是絕對有幫助的。你可以錄下自己的報告練習過程，或找一位朋友，在他面前練習。仔細觀察自己的表情，看看自己是否一直都面帶微笑或笑容是否得當；若非如此，你可以在書面資料的邊界處記下備忘以提醒自己，或是在事前不斷地練習微笑。

肢體語言

當你在開會中，被要求提出自己的觀點時；事先並沒有作好準備，而且感到非常緊張；這時候，你會很想縮到椅子底下讓大家注意不到你。不論你有多緊張，在這個時候你應該坐直身體，將手放在桌上，使用一些手勢，並且將目光對著聽眾。由於你必須整理一下思緒，所以可以針對被問及的問題先提出進一步的說明，這樣你就有一些時間可以想想自己要說些什麼。會議中的其他人員這時一直都對著你的肢體語進行回應；你看起來的樣子、你的手勢及你與聽眾的目光接觸，每一項都影響著這些人員的意見。通常你都不會再有第二次的機會來改變人們對你的第一印象；因此，你所傳遞出的一些視覺上訊息應該要令人印象深刻，而且是正面的評價。

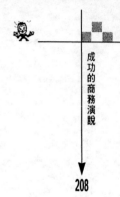

13
遠離上台恐懼症

對於報告中的視覺輔助部分及聲音與詞彙部分，你都覺得沒什麼問題，因為你都已經進行過練習並已有充分的準備。但是，你還存有一個疑慮：上台報告使你感到緊張。然而，你並不是唯一有這種感覺的人；不論是第一次上台或是第一百零一次，幾乎所有的人在面對公眾發言時都會感到恐懼，甚至連演員都是如此，其中很多人還說過自己從未克服過這種恐懼；但是他們已瞭解到，自己必須去接受這種感覺並善用他。

雖然在民意調查中，人們對於公開發言的恐懼更甚於他們對死亡、飛翔、高度及對蛇的恐懼。然而這種恐懼是可以控制的。上台的焦慮是一種很正常的感覺，但這也是一種活力的表現，你可以好好地運用他。欲善用這種感覺，首先必須認清他。報告人員一般所最常發生的四種恐懼感如下：

1. 害怕自己會暈倒。除非是你身體出了一些問題，否則這種情形倒是不曾發生。你可能感覺到自己快要暈厥，但這幾乎是不可能發生的。
2. 害怕聽眾會覺得枯躁。如果你是以聽眾的立場來進行報告，根本就無需擔心這一點。報告人員應該確實做到以下事項：

◆提供有用的資訊。

◆你所提供的書面資料充滿趣味；而且你也已經驗證過其中所涵蓋的消息與數據，並以趣聞來強化你的論點。

◆你一直對著每一位聽眾說話，所以他們不可能會覺得無聊。

◆從你的聲音顯示出你對於報告的主題非常地熱衷。

3. 害怕突然心中一片空白。我們都曾看過別人發生過這類事情，但我們也應該要知道若是事情發生在自己身上時應如何處理。這時你應該停頓下來，看看你的摘記或大綱以重拾你所遺忘的內容，或是接下去報告下一個議題。不要害怕使用摘記來重拾記憶。如果你在報告中出錯，這個錯誤對聽眾有所影響，你應該要改進；但若是無啥大礙，你也就不用放在心上。

4. 害怕聽眾對你的評價。若是你事先已經有充分的準備與練習，一切都將進行得很平順。縱使你在報告中犯了一些錯誤或失去了自己的立場，讓聽眾知道你對這個報告的投入，這點是很重要的。一個真誠且全心投入的報告者，很明顯地一定作了充分的準備，這樣的人聽眾是不會給予太無情的評價的。

一旦你認清了自己的恐懼，應該開始駕馭這份恐懼，並將他化為你的助力。

首先，你必須接受上台的恐懼是一種很平常的感覺，大多數人都經歷過。接下來，你應該仔細觀察其他報告人員如何處理他們的焦慮，或是請教他們如何在報告之前放鬆自己。或許你已經注意到有些報告者在上台報告前會做一些呼吸運動，或是頭部與肩部的擺動運動。很多報告人員做一些簡單的運動來幫助自己放鬆，有些人則是以自我交談的方式將恐懼轉化為興奮。一直地說話是控制恐懼的一種重要方式，就如同運動一般，你越勤於練習，表現就會更好，而說話則可說是一種以聽眾為本位的運動。

自我交談以建立自信

自我交談可能會建立自我形象，但也可能會損及自我形象。若是你的自我交談內容有助於自信心的提升，就會相信自己能夠做好每一件事；當你走進報告會場時，若是心中所想的是自己將會失敗，你很可能真的會失敗；但是，若你和我一樣，與自己進行一個正面的自我交談，你成功的機會將會大大地提高。

我經常使用演說專家桃樂西．沙諾夫所創的自我交談誦詞，他的內容為「我很高興來到這裡；我也很高興你們來到這裡；我很在乎你們；我該知道的，我都已經知道了」。對著自己說出這些話是一項樂趣而且能夠放鬆自己。這句話表示出你樂於進行你的報告；他還含有「我一直都想著你們」的意思，讓你更能夠顯示出對聽眾們的重視；他也傳達出一項訊息，就是你已經花了時間很努力地作了充分的準備，以使你的報告更有價值。

在你每次要進行報告的時候，一遍遍反覆地對著自己唸出這段誦詞。默唸或者大聲唸，快快唸或慢慢唸都無妨。就如同詠唱一般，讓自己沉浸在樂觀積極的思潮當中。積極性的自我交談確實是一個控制上台恐懼的有效方法。

在報告之前自我放鬆的另一個方法，是嘗試做一些簡單的運動；每次演說前，我都會做這樣的運動。這類運動在那裡都能做，我曾經就在飛機上做過。

白朗蒂基本運動

1. 布娃娃運動：身體站直，雙腿自然分開，儘量伸展四肢，然後迅速放鬆手臂；讓你的雙手在腰部隨意晃動；讓自己就像布娃娃一樣，放鬆你的雙臂、雙手和頸部；不要跳動；十秒鐘過後，再慢慢地伸展，然後放鬆。重複做五次。

2.頭部轉動運動：做完布娃娃運動之後，若是你的頸部仍然需要放鬆。身體站直，雙手靠在胸前，開始慢慢轉動你的頸部，先從左方開始，然後下巴向下轉到前方，再轉到右方，不要將頸子轉到後方；循相反方向再轉回來，從右方，然後前方，再左方，再前方。確定你的頸子是否已經放鬆，重複做五次。

3.手臂擺動運動：做完頭部轉動運動之後，身體站直，雙臂自然垂於兩側，左手臂像游仰泳一般由前至後在空中劃一個大圈圈，右手臂也同樣由前至後在空中劃一個大圈圈；再反過來，左手臂由後至前在空中劃一個大圈圈，右手亦同；用這種方式擺動你的手臂，每邊擺動五次。

4.聳肩運動：手臂擺動運動之後，身體站直，雙臂自然垂於兩側，使用手臂的力量將肩膀向上移至耳朵的部位，然後讓肩膀自然落到原來的位置。聳動你的肩膀四次。

5.張嘴運動：完成布娃娃運動及頭部轉動運動之後，你的臉部及頸部肌肉還有聲帶應該都已經放鬆；現在，身體站直，慢慢張嘴呼氣，呼氣時聽起來像「哈啊」的聲音。你所發出的聲音是一種放鬆的聲音；在你每一次發言時，都應追求這種舒緩自在的感覺。

6. 腹部呼吸運動：在椅子上身體坐直，雙腿平放在地板上，雙手平放在膝上，深呼吸，讓空氣經由你的腹部再充塞到你的肺部；你的肩部會升起，然後可能會稍稍落下；將一隻手放在你的胸部，另一隻手放在你的腹部，看看那一隻手升起的幅度較大？如果是放在腹部的那一隻手，表示你的呼吸法正確；如果不是，再深深地吸一口氣，讓他充塞到你的肺部；一旦你的肺部充滿空氣，讓空氣暫時停留在肺部，直到你數到六再讓空氣從鼻子呼出。再來一次，每一次深呼吸都要從鼻子慢慢地將空氣吸入。重複做十次。

白朗蒂提神劑

在你報告之前，如果你覺得自己需要迅速提起精神，這裡提供你兩種方法，甚至是坐在會議桌旁或講台邊上都可以採用。

1. 第一種深呼吸法：從鼻子深深吸入空氣，讓空氣充塞到你身體的每一部位，從頭部到頸部、肩膀、手部、手指、腿部及腳趾；讓這些空氣停留在體內六秒鐘，然後慢慢地將空氣從嘴巴呼出直到數到十的時間，讓身體的緊繃感慢慢消失。

2. 第二種深呼吸法：深呼吸並讓雙手互握，在空氣吸入身體時讓手掌緊緊地握在一起，然後放開雙手並正常呼吸。

這兩種深呼吸提神法可以用來緩和你的心跳；而當你這麼做時，也可以讓急速分泌的腎上腺素降低。

控制上台恐懼的注意事項

▼接受上台恐懼是很平常的這項事實；可能在你每一次發言時都會發生，然而，你必須將他視為是一種興奮而非恐懼，並好好地運用他。

▼觀察其他報告人員如何處理這項問題，並學習他們的處理技巧。

▼集中你所有的優點，以彌補你的缺點。

▼報告之前，必須不斷地練習。切記，唯有完美的練習才會有完美的報告。

▼不斷地說話；你的話說得越多，就越能夠控制上台的恐懼感。

上台恐懼生理症狀的處理

口乾舌躁

▼不要喝含有乳製品、蘇打或酒精的飲料。

▼不要吃冰淇淋。

▼在牙齒上塗上一層薄薄的油膠，可避免嘴唇與牙齒相黏。

▼咬住舌尖（可以增加唾液分泌）。

▼喝溫開水（可能的話，加些檸檬）。

手心／身體出汗

▼在手心或身上灑些爽身粉。

▼帶一條手帕。

面部泛紅

▼上粉色系或紅色系的妝。

▼穿高領的衣服。

▼運用幽默感來舒緩緊張的情緒。

顫抖的聲音

▼對著後排的聽眾發言。

（續前頁）

顫抖的雙手

▼使用手勢。動作不要太大，不要激烈地揮動雙手。

雙腿顫抖或膝蓋打顫

▼在講台上走動，或起身走動。

心跳加速

▼做深呼吸。

▼不要喝含咖啡因的飲料。

14

聽衆的融入

你已經做完所有該做的工作，包括有關報告目的、聽眾分析及後備支援等工作都已作好準備，並且也認同於你的報告主題。但是，你瞭解聽眾們的期望嗎？他們對你懷著什麼期望？如何讓他們更認同於你呢？

現今，成熟的聽眾們對報告人員皆懷有很多的期望。他們看到了整個報告的進行，聽到了整個報告的內容，然而，被激發出來的卻是煩躁。他們並不情願只是坐在那裡聽著別人的報告，他們想要的是融入整個報告。85％以上受民眾所喜愛的專業演說家說過，他們會採取某種方式使聽眾融入整個演說。因為聽眾若能夠融入演說，他們將可以學得更好並記得更多。報告人員應做些什麼事情來滿足聽眾們的期望呢？

對聽眾問問題

你可以真的對聽眾提問題或只是提出點綴性的問題，即使是由自己回答也沒什麼關係。藉著提出問題，可以迫使聽眾更注意你所說的內容，因為在報告進行當中，你可能會要求他們回答問題。這時，報告人員可以決定是由自己來回答問題或是請其中的聽眾回答。例如：你提出「成年人最大的恐懼是什麼？」然後，你可以自己說出答案，或是請聽眾回答。

讓聽眾有所反應

最好的方法就是問聽眾問題，再請他們舉手回應。例如：你問他們「你們之中有誰在過去兩個星期中吃過披薩？」如果你在報告進行當中感覺到聽眾的注意力已逐漸潰散，使用這個方法可以讓聽眾的注意力又回到你身上。在此建議報告人員可以事先準備一些與報告內容相關的問題，或是能引起聽眾興趣的問題。

對聽眾說故事

當聽眾聽到一個好的故事，這個故事立刻就變成了他們的故事；或是他們會將這個故事引申到他們生活中所發生的某件事情上；或者會因為這個故事而促使他們想起某件對他們頗具意義的類似事件。若所採用的是笑話或趣聞式的故事，使得聽眾發笑，這也是聽眾融入的一種方式。

採用互動性的活動

縱使聽眾人數很多，這個方法也可以採用。例如：你對著聽眾說「請與坐在你隔壁的人握手」或「看看坐在你後方的人，然後再回過頭來，問問自己是否知道對方眼睛的顏色」。採用這類互動性的活動，比起讓聽眾只是坐在位置上聽你發言，更能夠讓聽眾融入你的報告。

讓聽眾參與你的報告

這個方式在幾個世紀以前一直都受到魔術師們所採用。你可以藉著問問題讓聽眾融入你的報告，或者也可以請他們依你的指示做一些遊戲、猜謎語、進行角色扮演；在我的一個商務禮儀演說中，甚至還要求聽眾們示範他們與人握手的方式。

使用視覺輔助器材

當你正在使用視覺輔助器材時，可以向聽眾提出問題，或是給聽眾一些時間仔細地想想你剛才所談論的內容。例如：「當你看到這些國內滑雪勝地的分析資料時，你不覺得緬因州的山中滑雪勝地數量實在相當的稀少嗎？」

讓聽眾填寫講義中的空白部分

在報告進行中，當你參考到所提供的講義內容時，可以要求聽眾填寫講義中你特別留白的單元。例如：當我談論到3V單元（visual, vocal, verbal）——視覺、聲音、字彙，我將每項的相對重要性百分比留白，在報告進行當中，再詢問他們那一個項目的重要性最高，並請他們依序填寫，然後再公佈正確答案。通常聽眾們得知字彙只佔了7%的重要性時，都會覺得非常地出乎意料。

將聽眾分成不同的小組

這個方法只適用於時間與空間都很充裕的情形。將聽眾區分為不同的小組，讓小組成員共同參與一項簡短的活動。例如：他們可以一起彙整小組成員的個別意見，或共同排出先前所提項目的重要性順序。若是小組成員已彙整出在公司中使用個人電腦系統優於麥金塔系統的理由，這時你也必須已經事先備妥自己所要提出的理由；若是聽眾所提出的部分理由是你未加以涵蓋的部分，你應該當場將他們含括進來。這個時候，若是你能使用翻頁式圖版、投影片或是使用電腦螢幕及能當場增加資料的輔助器材，將會產生很好的效果。

稱呼聽眾的名字

這可以讓聽眾產生更加融入的感覺。在分組的情形下，你可以直接與聽眾交談，例如：「史考特，當你提出說明時，面對在場聽眾的那種目光接觸方式令我印象深刻」或「蕾秋，先前碰到妳的時候，你問過我如何讓自己放輕鬆」。

與聽眾目光接觸

無論聽眾人數的多寡，你都應該要注意到這個問題。當你直接對著聽眾說話並看著對方時，會讓他們感覺出你正直接對著他們說話。當然，若是他們迅速地將目光移開，這表示他們對於目光的直接接觸感到很不自在；這種情形下，你也就不要再直接看著他們了。在某些不同文化中，人們並不鼓勵直接的目光接觸，或會認為那是一種挑釁的表現。所以，若是你要到不同國家進行報告，應先查明當地的禮儀習慣。

更接近聽眾

這可以使聽眾更為投入。從講桌後方走出來，自講台上走下來並走進聽眾群中。有些報告人員會坐到講台邊上，或在通道上來回走動讓聽眾看得到他們。找出你自己比較合適的方式去接近聽眾，嘗試不同的方法直到自己覺得自在為止。縱使只是在講台上走動都行得通。

爲何聽衆不能用心聽講？

如果你已事先準備好報告，使觀眾有參與感，他們就沒有什麼報怨的理由了，例如：你的報告內容很難懂、報告內容實在很枯躁這類的抱怨；若是你事前也已經仔細地檢查過教室佈局，聽眾也不太可能提出聽不到你的聲音，或看不到視覺輔助資料這類的抱怨。然而，有些時候還是會發生一些不期然的事件。以下這些情形可能也曾經發生在你身上，你如何有效地控制這些情境呢？

室內或室外所產生的不期然干擾

有時候一些非意料中的干擾會發生。干擾事件的時間長短及報告人員掌控的技巧，會影響到聽眾注意力分散的程度。大聲的噪音、嬰兒哭泣的聲音、無情的電話鈴聲，這些都會讓你無法集中注意力，也會讓聽眾分心；在這個時候，你可以說個笑話來淡化這些事件，並等待噪音過去聽眾的注意力又回到你身上；你也可以很有風度地讓哭泣嬰兒的父母知道，離開之後隨時都歡迎他們再回到會場；你也可以將電話的插頭拔掉或將聽筒拿起來（你應該在報告之前就辦妥這件事）。

教室中的騷動

人們有時候會遲到，或在報告中途離開會場，對於這樣的事件，你應該試著忽略。有許多喜劇演員可以善用這類騷動，將他融入表演之中。若是你可以很自然地表現你的幽默感，這時候正好可以派得上用場。但對大部分的報告者而言，最好還是採取忽略的態度，繼續你的報告。如果大多數的聽眾都準備離開，你必須警覺到這種現象，並提早結束你的報告；在事後的檢討工作中，再把造成這種情形的缺失找出來。

突然忘記報告內容

雖然在報告之前，你已經努力地完成所有的準備工作，但有時候還是會在報告中突然失去某些內容的記憶。如果你可以很自在地使用書面資料，就當作什麼事都不曾發生過，繼續你的報告；通常聽眾們都察覺不出你的疏漏。然而，若是忘詞的情形非常明顯，這時候正是你表現幽默感的最佳時機。使用幽默感可以暫時緩和聽眾的心情，讓你有時間可以看看自己的摘記以重拾記憶。

攝影師對著你拍照

在報告中保持數秒中的靜止姿態，讓他們有機會可以立刻拍下你的照片。

刁鑽的聽眾

我從未碰過這類聽眾，但參加別人的演說時卻曾經看過這樣的聽眾。若真讓你碰上了，就不要理會這些人的嘲弄。如果沒有其他人請這位聽眾離開或是請他們閉嘴，你就只要坐著等整個事件結束然後再繼續你的報告。

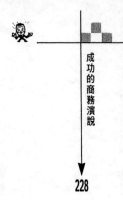

15

引導發問與策略對答

在你將所有準備資料報告完畢時，你的報告還不算完全結束。問答單元可以令聽眾對你產生深刻的印象，也可能令他們留下不好的印象。所以，在這個時候報告人員不要只是坐在位置上或匆匆離開講台，想試圖擺脫這個重要的時刻。這是一個可以引人矚目的機會；藉此，你還可以進一步強調自己的觀點。因此，不要讓聽眾感覺到你急於擺脫他們，並且想要結束整個活動。

問答單元注意事項

該做的部分

▼讓聽眾知道何時可以提出問題。

▼鼓勵聽眾提出問題。

▼回答問題之前，仔細聆聽聽眾所提的問題，並再一次地說明所提的問題。

▼重新說明聽眾所提出的問題時，目光應該注視著提問題的聽眾，而在回答問題時，目光則應該注視著全部聽眾。

▼可以邀請聽眾群中的專家來回答聽眾所提的問題，但在他們回答完畢後，報告人員應馬上接回場面的掌控權。

（續前頁）

▼對於敵對性的問題，時間應加以控制。
▼回答問題應講求清晰簡要。
▼提出總結性的評論以結束問答單元。

不該做的部分

▼不要讓那些淘淘不絕者獨佔發言權。
▼不要以敵對的態度面對提出敵對問題的聽眾。
▼不要說謊。對於不知道如何回答的問題，應直接向聽眾坦承。
▼回答問題時，不要過於冗長且迂迴。

鼓勵聽衆提出問題

鼓勵聽眾提問題也是報告人員的工作之一。在某些沒有人願意先舉手提問題的場合中，報告人員必須自己先採取行動；你可以這樣說「經常有人問我一個問題……」，在你自己回答完畢之後，聽眾應該會受到鼓舞而開始提問題。進行這個單元時，報告人員的位置應該與聽眾更為接近。你應該從講台後方站出來，即使是坐在講台旁，也要讓聽眾看得到你。有些報告人員喜歡站在聽眾之間接受聽眾提問題；若是會議室的佈局合適，而你也覺得很自在的話，這種方式倒頗適用於問答單元。

沒有人願意提問題的原因有很多。可能是聽眾們覺得厭倦，覺得困惑，或是怕會提出愚蠢的問題，也可能是他們不喜歡你的報告，或是急於離開。因此，若在你提了第一個問題之後，依然沒有人自願提問題，這時你最好是以最後的幾句話將報告作總結。你可以另一種方式來作總結，也可以回到中心主題，或是回到你原有的結論，或是說明後續步驟。

控制問題

問答單元的控制方式取決於報告人員。首先，你必須決定何時可以讓聽眾提問題。如果你是在上一個訓練課程或進行業務報告，應該可以在報告中途讓聽眾提問題。報告人員要控制這樣的場面，可能需要有點技巧；不要讓觀眾提出超過報告進度的問題；若聽眾所提的問題在接下來的報告內容將會涵蓋，務必請他耐心等待；回答回題的時間不要過長，因為這可能會干擾到你的思維訓練，也會導致聽眾的注意力分散。報告人員也可以將問答單元設定在報告中的某一個特定時段；這可以讓聽眾在報告進行的過程中慢慢地找出他們的問題點。

掌控敵對的聽衆

你可能會面臨到聽眾提出敵對問題的情境，這時候，運用技巧消弭一些言語上的攻擊將會影響你的報告效果及聽眾對你的信賴感。以下方法可以消弭聽眾對你的敵對態度：

◆讓聽眾說出他們想說的問題；當他們宣洩的同時，你就在一旁聆聽。

◆重新解釋聽眾所提的問題，並說明他們的感覺可能過於激烈。

◆要求對聽眾所提的問題作進一步的探討，試著找出真正的問題點。

◆選擇下列其中一種方式的說詞：

「我知道你的問題出在那裡，現在就讓我來回答你的問題。」

「讓我們一起設法來解決這個問題。」

「等整個報告結束之後，我們再深入研究這個問題。」

採行這些方式，可以讓聽眾感受到你很尊重他們的想法及感覺；聽眾們將會因此而對你更為尊重，同時也消弭他們的敵意。

如何回答問題

知道問題的答案

當你知道聽眾所提問題的答案而要開始回答問題時，最好的方式是將問題再重新解釋一次，或在回答問題時也同時詮釋問題。如此就可以表現出你對問題的瞭解，而且沒有誤解聽眾所提出的問題。在這之後，再進行答覆的部分。報告人員在回答問題前，不要經常說「這是一個好問題」，或在回答問題之後，接著說「我的回答是否已解決你的問題？」若是你很客氣地對其中一位聽眾這麼說，而不對提問題的其他聽眾也說同樣的話，那將使場面變得很不自在；再者，若聽眾給你的回答是否定的，也將損及聽眾對你的信賴感。若你想確定聽眾的問題是否已獲得解決，最好的方法是在回答完畢之後，詢問對方是否還有其他問題要提出來，亦或需要進一步的說明。

不知道問題的答案

當你不知道問題的答案時，應該向聽眾坦承。你只要說出「很抱歉，我無法回答這個問題」，並告訴對方你會在找到資料後再與他聯絡。你也可以直接告訴聽眾那裡可以找到資料，或是讓在場的其他聽眾來回答這個問題，也可以讓其他報告人員之中可能知道答案的某位專家來回答。千萬不要被這類問題絆住，你應該讓問答單元再繼續進行下去。

獨佔發言權的人

如果你碰上淘淘不絕接二連三提出問題的聽眾，這時你務必要有所行動。若他們所提的問題與報告主題有關，或有助於思考時，你可以回答他們，但在答完幾個問題之後，應該和悅地請他們留一些機會給其他聽眾；若他們所提的問題與報告主題無關時，你可以在答完一、兩個問題之後，想辦法制止他們。你可以在聽完他們的問題之後，要求他們將其餘的問題寫下來，告訴對方於報告結束後再回答他們。然後，讓其他聽眾提問題。若你在報告之前已意識到某人可能會是喜歡獨佔發言權的人，這時你可以嘗試先與對方一起討論他的想法，並在報告中將討論內容有助益的部分提出來，這可以使那些人感覺很舒服，或許因此就不會在問答單元中干擾你。

問答單元的成功關鍵

- ▼告訴聽眾何時可以提問題，以及是否限制提問題的數量。
- ▼站出來熱切地鼓勵聽眾提出問題。必要的話，自己先提出問題，再由自己來回答這個問題。
- ▼回答問題之前，仔細聆聽問題，並將聽眾所提的問題重新解釋一次。
- ▼解釋問題時，目光應注視著題問題的聽眾；回答問題時，目光則應注視著全部的聽眾。
- ▼如果不知道問題的答案，就直接向聽眾坦承，請對方在報告結束後再打電話或寫信與你聯繫。
- ▼不要讓喜歡獨佔發言權的聽眾奪走你的場面控制權。
- ▼機警且技巧地應付聽眾所提出的敵對性問題，但時間不要拖太久（儘快結束問題）。
- ▼尊重提出問題的聽眾，不要有防衛的心理。
- ▼回答問題時應該簡明扼要。
- ▼以令人印象深刻的評論來總結問答單元。

令人難忘的結束語

當你的報告已進行完畢，也已經沒有聽眾提出問題時，就該是你作總結的時候了。然而，這並不是只說聲「謝謝！」就離開講台的時候，這是你再次留給聽眾印象的一個機會。你可以再談回到中心主題，或總結性的評論，或是說明接下來的步驟。雖然在最後的結束時間不要拖太長，但你還是要簡潔地作一個結論。在此提供你一段令人印象深刻的結束語範例：「我們已得知如何讓人工毛皮看起來像天然毛皮的製作方法；從現在開始，就讓我們利用這些資訊來製作出新一代的人工毛皮！」

16

口頭報告的評估

你已經完成一個引人矚目並且專業的報告，但是這還不算完全結束。在每一次的報告結束之後，你都應該花時間檢討自己的報告。這是一個可以從錯誤中學習的機會，也是一個對自己的成就自我鼓勵的機會。

如果可能的話，你可以發給聽眾一張聽眾反應評估表，確實地要求他們填寫，並在離開會場前將表格交還給你。因為只要表格被聽眾帶走，你就不可能再拿回來，除非會議召集人幫你收齊這些表格後再交給你。

報告結束後，你也應該進行自我評估。使用**表16-1**的自我評估表，針對上面的十二項類別確實地為自己評分，成績低於A的項目表示還有待改進。你應該每次都將自我評估表保存下來，觀察自己在每次報告中的進步情形。

商務報告的致命傷

當你的報告不如預期時，你應該要找出造成缺憾的原因，這和瞭解報告的成功關鍵是同等重要的。報告中若是包含太多的資訊，儘管這些資料都非常有價值，也不能成為成功的保障。事實上，有時候在報告中提出太多的資訊反而會造成整個報告的失敗。在

表16-1 自我評估表

報告者：________________________________

報告主題：________________________ 報告日期：__________

評估類別	分數					
1.開場白	A	B	C	D	E	F
2.聲調	A	B	C	D	E	F
3.表達方式	A	B	C	D	E	F
4.報告內容	A	B	C	D	E	F
5.手勢動作	A	B	C	D	E	F
6.眼神接觸	A	B	C	D	E	F
7.姿勢	A	B	C	D	E	F
8.上台恐懼的控制	A	B	C	D	E	F
9.視覺輔助器材之使用	A	B	C	D	E	F
10.聽眾融入程度	A	B	C	D	E	F
11.問題與回答	A	B	C	D	E	F
12.結束語	A	B	C	D	E	F

很多技術性的報告中，報告人員時常無所節制地傾出所有資訊，讓那些原本對報告主題頗感興趣的聽眾也無法投入，致使他們將注意力轉移他處。以下是一些造成報告失敗的原因。

報告人員沒有事先作好準備

你可能認為自己對報告主題已經非常熟悉，所以不用事先準備就可以隨時進行報告。這樣的想法非常危險。除非是即席的報告，否則報告之前都會有很多研究工作與準備工作需要進行。縱使你覺得自己可以勝任每一件事情，一旦你站在聽眾面前，也可能會有忘記報告內容的情形發生。若是你不需要研究報告的主題，你還是需要擬出報告大綱、開場白及段落語。還需注意到，以聽眾的立場來發揮你的報告主題。從對聽眾群的分析工作可以讓你瞭解到他們對報告主題的熟悉程度，你就可以決定是否要從最基本的地方談起。如果你沒有準備與練習妥當，聽眾可能會察覺到你報告中的缺失；若你能作好一切事前的準備工作，你的報告就會更為成功。

沒有作好對聽眾的分析工作

弄清楚你的聽眾群包含那些人，還有這些人聽報告的動機，這樣的分析可以使你的報告更有效地進行。若是你對著一群想獲取艱深的技術資料的聽眾提供很普通的常識，這種不符合聽眾期望的報告是注定要失敗的。

報告人員過於依賴摘要

在一個好的報告中，這可能不是一項嚴重的缺失，但是當你連主題都記不得時，聽眾就不再會無動於衷了。當你需要提出一長串資料或數據時，參考摘要是可以讓人接受的；但遇上這樣的情形，若能使用視覺輔助器材將可以發揮更大的功效。若你在報告中讀取摘要的原因是因為事前準備不足，這樣的情形很容易讓聽眾察覺，所以報告中的某些時候，他們可能也無法將注意力集中在你身上。

在報告中，有太多的問題無法回答，暴露出對報告主題的瞭解不夠深入

如果你在報告之前作好充分的準備，以你對報告主題的熟悉程度應該可以回答很多

問題；如果無法回答，就表示你沒有作好準備。聽眾並不會期望你懂得每一件事情，但至少需要具有某種程度可以表現出你對報告主題的瞭解。

報告的時間過久

不要將報告時間拖過三十分鐘，讓聽眾一直坐在位置上無法休息。若是報告的時間過久，聽眾將無法集中精神去注意你的報告內容。如果你的報告需要花很長的時間，就應該分段進行。若是基於場地的限制，聽眾無法離開教室任意走動，至少也要讓他們有時間伸展四肢稍作休息。在你練習報告時，應該考慮到休息時間，這樣你就可以準備報告區段間的段落語內容。

教室佈局不佳

最後排的聽眾看不到你；而坐在邊排的聽眾則看不到視覺輔助資料；若是你不拉長頸子，就看不到兩旁的聽眾。若教室的椅子是固定的，這將會給你造成麻煩——在你報告的同時，必須一直走動，讓聽眾看得到你並聽得到你的聲音。若教室中的椅子是可移動的，你應該早一點到達現場，在每一個方位的椅子上坐坐，確定任何座位上的聽眾能夠很清楚地看到你還有視覺輔助資料；並找一個人坐在最後一排，確定他能夠聽到你的聲音。在聽眾到達之前，將教室佈局作適當的調整。

在報告結束前，沒有對聽眾提出強烈的行動呼籲或提出結論

不要只是說聲「謝謝」就結束你的報告。這是鼓舞聽眾的最後時刻；如果你希望聽眾有所行動，就在這個時候要求他們；如果你希望聽眾記住一些重點，就在這個時候複述一次。

在報告之前，運用下列這些指標可以避免疏漏。這些指標可以協助你注意到整個報告的準備過程，而你的報告經驗更豐富，對這些過程也就會更為熟悉。

17 報告前的總檢查

在你要作任何報告之前，可以以下列的步驟來檢視是否漏掉其中任何一項。這些步驟將會幫助你更有系統的完成報告，而練習得越多將會越加熟練。

報告準備工作的步驟

1. 提出報告的目的（告知聽眾、說服聽眾、娛樂聽眾）。
2. 分析你的聽眾（特性、心理、態度）。
3. 弄清楚報告相關的後備工作。
4. 界定報告主題。
5. 選擇報告內容的架構模式。
6. 提出報告的主要議題。
7. 蒐集輔助性資料。
8. 謄寫開場白內容。
9. 謄寫報告內容大綱。
10. 謄寫段落語。
11. 謄寫結論。

（續前頁）

12. 準備問題（及答案）。

準備最後的草稿

1. 使用八吋半寬及十一吋長的紙張（A4）；不要使用索引卡。
2. 內容只寫在紙張上方的三分之二部分。
3. 決定那些資料要使用視覺輔助器材來表現，並在草稿的邊界部分註明。
4. 用顏色來區分報告內容：聽眾最好能夠知道的部分，聽眾必須要知道的部分，及聽眾一定得知道的部分。

規劃視覺輔助器材

1. 必要的話，將這些視覺輔助資料放大兩倍。
2. 使用兩種以上的視覺輔助類型以增進趣味。
3. 視覺輔助資料務必要簡明扼要並且清晰易讀。
4. 使用印刷字型，不要使用草稿字型。
5. 選用粗黑的線繪圖及列印。
6. 使用不同的顏色來增加吸引力，但最多不要超過五種顏色。
7. 一種視覺輔助型態用來說明一項重點。
8. 大小寫字體並用，或只使用小寫字體。
9. 仔細檢查拼字錯誤。
10. 在報告之前，練習使用視覺輔助器材。

（續前頁）

練習技巧

1. 大聲練習三至六次。
2. 儘可能到現場練習。
3. 練習使用視覺輔助器材。
4. 將你的練習過程錄下來，看完之後再作必要的調整。

有效商務報告的十項準則

1. 時間要短。很多商務報告進行的時間太長，以致聽眾無法集中注意力。切記，每一位聽眾都還有其他緊急的事務需要處理。
2. 弄清楚你的聽眾有那些人，以便選擇適當的語氣說話。
3. 使用視覺輔助器材來增進報告的趣味。
4. 讓聽眾能夠融入你的報告。
5. 準時開始並且準時結束。
6. 雖然你的聽眾穿著並不是很得宜，你也應該穿上適合於商務場合的服飾。
7. 使用短句及簡單的片語。
8. 若你不能確定聽眾能夠欣賞你的幽默感，就不要輕易表現你的幽默。

（續前頁）

9. 為了避免聽眾邊聽報告邊翻講義，你應該在報告結束之後再將講義發給聽眾。

10. 當你不知道問題的答案時，不要虛張聲勢。你應該直接向聽眾坦承，並告訴對方你會找出答案，並以電話或書信方式另行回答。

時間倉促下準備報告

當你被要求進行報告時，可能只有一個小時的時間作準備。在你驚慌過後，應先把步調放緩，評估一下自己的處境。人們會要求你提出報告，可能是因為你所具備的知識，你的經驗及洞悉能力，或是你具有的經歷可以提供與會者一些有價值的事物。以下這些步驟可以協助你安度這個急迫的時刻：

1. 快速地將報告目的、聽眾、後備工作這幾個要素思考過一次。你的報告目的為何？你的聽眾會是那些人？報告要在何處舉行？
2. 寫出三十至五十字的開場標語，以便在介紹報告主題時，即能夠吸引聽眾的注意。

3.謄出報告內容的大綱。提出一至三個主要議題，舉例輔助你的說明，並寫下主要論點之間的段落語。

4.謄寫三十至五十字的結論，以總結你的議論，並提出結束標語或行動上的呼籲。

5.練習你的開場語及結束語，並寫下所有你能想到的問題。不斷地練習你的開場語及結束語直到你熟悉為止。

6.反覆地練習。

練習技巧

在準備報告的過程中，你將會成為這個報告主題的專家。在你每次的報告中，都需要提出大綱，並藉此不斷地反覆練習。你可以嘗試下列這些練習方法：

1.在練習的時候，以不同的表達方式來進行你的報告。若每次你都以相同的方式練習，將會失去新鮮感。

2.若你的報告內容較為複雜艱深或較為技術性，可以先找一位最符合你聽眾類型的人，例如：你的配偶或朋友來權充聽眾，對他們進行報告。

3. 經過幾次的練習後，試著只練習幾個重要的部分。例如：開場白部分、結論部分、主要的幾項議題及段落語部分，直到自己熟悉為止。

4. 以實際報告當天所要採用的報告方式來進行練習。如果你在報告當天要站著報告，就站著練習；若是當天要坐著報告，就坐著練習。當你大聲地練習過數次之後，將你的練習過程錄下來。在你聽著自己錄音的時候，假想自己是一名聽眾，並詢問自己是否樂於聽取這樣的一份報告。如果你給自己的答案是否是的，就應該重寫你的報告內容並再次練習。

5. 不要只是在腦中思考練習，我們的想像會把整個情境美化了。只有實際練習才會知道其中的差別，而最正確的練習方式就是確實的大聲練習。

6. 使用視覺輔助器材來練習你的報告。在最後的幾次練習當中，務必使用報告當天會用到的視覺輔助器材來進行練習。這可以讓你在最後的準備階段察覺出所使用的視覺輔助資料是否過多或不足，以便能夠進行最後的修改與調整。

7. 服飾也要在事先就作好準備。找一個與報告現場相同佈局的場地，穿上你報告當天所要穿的服裝，可能的話找一個人權充聽眾，對著他進行報告，請這位聽眾提供意見，再對你的報告進行最後的修正。

8.善用每一個練習機會。開車時是一個很好的練習時機，這時候你可以大聲練習，也聽你練習時錄下的錄音帶。在沒有運用任何摘記的情形下，最好能夠找個安靜的場所進行練習——這種練習特別適合於即席式的口頭報告。

報告當天的注意事項

1. 提早到達現場檢查教室。
2. 將室內的電話轉到其他線上或是將電話插頭拔掉。
3. 先找出洗手間的位置。
4. 備妥講義，務必多準備幾份。
5. 檢查座位，必要時重新排列。
6. 測試現場的設備；讓每一位聽眾都看得到視覺輔助資料。
7. 務必讓最後排的聽眾也能聽得到你的聲音。
8. 將你所要用的視覺輔助器材設定好，必要的話將地板上的纜線貼牢。
9. 做一些熱身運動，或是伸展、放鬆的運動。
10. 檢視你的外表，再作一些必要的修飾。

結論

最後結語

在你的職業生涯中，將會經歷到各種不同的口頭報告；可能是參加會議、進行面試、打業務電話或是在特殊場合中發言。不論你是獨自一人報告亦或只是團隊報告成員之一，你的表現都將受到評價——不只在於你的報告內容，還包含你的表達方式及你的外在。當你能夠越自在地進行你的報告，報告技巧也就會不斷地進步，而使你成為一位受人矚目的報告者。在你報告技巧逐漸增進的同時，切記下列各點：

- ◆多找機會進行口頭報告。
- ◆儘可能多方面閱讀，以增加你的詞彙。
- ◆觀察其他的報告人員，並從他們身上學習（注意他們的優點與弱點）。
- ◆隨時搜尋那些可以增添報告趣味的故事或趣聞；隨時攜帶筆記本將這些資料記下來。
- ◆使用字典與詞典，找出更有趣的詞彙使用在你的報告上。
- ◆將你報告的練習過程用錄音機錄下來，並進行自我評估。
- ◆不要灰心喪志，按部就班的學習這些技巧，你可以成為一位很好的演說者。

成功的商務演說　　Speaker 01

著　　者／Marjorie Brody
譯　　者／朱星奇
出 版 者／揚智文化事業股份有限公司
發 行 人／葉忠賢
總 編 輯／孟　樊
執行編輯／鄭美珠
登 記 證／局版北市業字第 1117 號
地　　址／台北市新生南路三段 88 號 5 樓之 6
電　　話／(02)2366-0309　2366-0313
傳　　真／(02)2366-0310
E-mail／ ufx0309@ms13.hinet.net
印　　刷／偉勵彩色印刷股份有限公司
法律顧問／北辰著作權事務所　蕭雄淋律師
初版一刷／1998 年 11 月
定　　價／新台幣 250 元
I S B N ／957-8637-71-3

南區總經銷／昱泓圖書有限公司
地　　址／嘉義市通化四街 45 號
電　　話／(05)231-1949　231-1572
傳　　真／(05)231-1002

本書如有缺頁、破損、裝訂錯誤，請寄回更換。
版權所有　翻印必究

國家圖書館出版品預行編目資料

成功的商務演說 / Marjorie Brody 著. -- 初版.
-- 台北市：揚智文化，1998 [民 87]
面； 公分. -- （Speaker ; 1）
譯自：Speaking your way to the top : making powerful business presentations
ISBN 957-8637-71-3（平裝）

1. 演說術

811.9 87013727